從半裸到全開

— 臺灣戰後世代女詩人的性別意識

陳義芝　著

臺灣　學生書局　印行

——獻給相扶持的 紅媛

序一

女性主義詩學的先聲

■王　潤　華

（新加坡國立大學中文系教授）

　　陳義芝這本論文，既是世界華文女性主義詩學的先聲，更是研究台灣性別意識文學的奠基之作。對詩的讀者而言，又是一本欣賞台灣女詩人作品至今最有深度的著作。

　　作者立論的文本爲一九四五至六九年出生的三十位女詩人的創作。涵蓋從現代到後現代，從意象派到新藝術派，從人道追求到愛慾發洩，從表現、抒情、質疑的美學到尋找夢幻與多種生命意識之探求。作者解讀這些文本時，因應需要，就生理的、心理的、精神分析的、社會的、政治的，以多批評視角、多文化觀點進行評析。爲了尋找隱藏的女性，辨明台灣女性主義詩學，其問卷調查緊扣台灣社會政治經驗背景，行文則操持西方重要心理分析理論的手術刀，如文化批評、讀者反應、結構、心理文學批評等，因此本書也樹立了研究當代文學的新典範。

　　陳義芝本人是台灣戰後世代尖銳的男性詩人，詩藝精湛，剖析詩就如莊子的庖丁解牛。他具有濃厚的台灣鄉土本質，又深受城市文化政治之薰習，同時進出過台灣師大與香港大學的學術圍牆，所

以作者能夠很精闢地從台灣女性的潛意識原型、情慾表
現、兩性觀、服裝心理等方面，淋漓盡致地呈現出台灣戰後世代女
詩人的性別意識。

序 二

台灣戰後世代的「恆述情結」

■黎 活 仁

（香港大學中文系副教授）

　　一九四九年前，華文詩壇重要女詩人只有四位，可是白話文學在台灣成長之後，女詩人忽然多起來，以致一時難以估計。台北文壇流傳一句玩笑話，說什麼如果有招牌掉下來，總會壓到一位詩人，以極言「新詩人口」之多。也許是識見所限，我沒有聽到類似的新聞，至於曾被「打壓」的詩人恐怕頗有一些，在威權和父權之下，女詩人自有被雙重壓迫的感覺，解嚴之後，女性主義流行，離婚率屢創新高，至於父權制遭到顛覆之後，中國文化又會出現怎樣的局面，相信在台灣新詩可以找到發展的路向。

　　所謂女詩人，其實有兩類，滿口「三從四德」，向男性學舌的是一類，女性主義者視之為賊；從女性主義立場「發聲」的另一類作者，才具備時代精神，值得研究。至於什麼叫做女性主義呢，台灣的譯述已足提供參考，也辦過專題研討會，論文集問世不久隨即再版，可見是大眾／小眾留心的時事焦點。據「永恆的男性」（Animus）理論，當個人經濟能力得到改善，又從家務勞動得到解放之後，現代女性開始不斷地尋找心目中的理想男性，傳統可託付

終身的「良人」形象已不重要，探索的歷程成為作家筆下的主題。

　　然而，心理學家容格（C. G. Jung）也曾說過：心靈發展至較高階段，總是與宗教結合。無數的作家自宗教得到慰藉之後，早晚禱告，把書寫轉變為唸唸有辭的「邏各斯」，以致創造力呈現衰退的現象。當然也有例外，林清玄的佛教書寫一度在台灣大為流行，顯示宗教與創造力結合的可塑性，「台灣文化」實具備面向較高階段發展的人格，這方面比大陸和香港，都明確得多。也許目前的「非常女性主義者」都比較年輕，著眼點自然不同。

　　女作家可以用散文家簡媜為例作一說明，簡媜大學畢業之後，在佛光山潛修過一陣子，寫過一些宗教題材的作品，後續出版的《夢遊書》和《胭脂盆地》諸作則以看破世情為基調，但是一九九九年入選「台灣文學經典」三十本之一的新作《女兒紅》，卻是「非常女性主義」的，心路歷程至為曲折。徘徊於入世、遺世的矛盾，正是現代台灣男性、女性的無限困惑所在，台灣恆述法師主持的電視節目之所以引起注意，原因恐怕正在於此。

　　白話文學流行了幾十年，偶然還會聽到人說「新詩不好懂」或「我從來不看新詩」諸如此類的話，這是因為白話新詩和小說研究一樣，需要一套基礎訓練，透過學習程序獲取，但憑個人經驗未必完全適用。「非常女性主義」的戰後世代女詩人作品，也需要一套「非常」的分析方法。這套「非常」的方法雖無助於「恆述情結」的釋放，至於傳道授業，卻可提供適用的策略，研閱窮照。這是在下對義芝兄大作的詮釋。是為序。

從半裸到全開

——台灣戰後世代女詩人的性別意識

目　次

第三章　從半裸到全開
　　——台灣戰後世代女詩人的情慾表現

第四章　變聲的焦慮
　　——台灣戰後世代女詩人的兩性觀

第五章　各人住在各人的衣服裡
　　——台灣戰後世代女詩人的服裝心理學

第一章　導　論

一、性別意識的涵義

　　什麼是性別（gender）？科學解釋說，它是後天的性差異，和生理特徵先天所分別的性（sex）、社會傳統分工所分別的性角色（sex　role）不同。根據一項客觀研究指出，兩性確實存在或可能存在的差異有十項，女性表現較突出的項目是：語言表達能力高、觸覺敏感、容易表露和訴說害怕焦慮等行為、傾向於順從；男性表現強烈者為：平衡感較強、數學能力較高、攻擊性較強、交友主動、富競爭性、喜歡支配等（蔡勇美：14）。由此看來，性別差異不只是心理上的因素，也關乎到生理的生物性別，以及文化制約下的性別理想和性別角色。換言之，所謂的性別意識（gender consciousness）是對社會諸多因素所造成的性別差異的一種認知，包括自我認同、角色扮演，以及對社會化模式的回應（史美舍：315）。

　　由於性別意識的形成與性別角色待遇有關，是經由社會全體長時間界定、發展，促使眾人在其中學習與實踐的結果，想要一朝一夕有所變革，十分不易。因此，「百年以來，婦女地位雖有大幅改善，集體性的女性意識依然處於混沌狀態」（顧燕翎：92）。

　　本書試從女性的潛意識原型、情慾表現、兩性觀、服裝及旅行心理等方面呈現其性別意識，重點並不在強加分判男與女之差異，因爲所根據的因素非女性獨有，這樣的意識既影響男性也受男性影響。

二、台灣戰後世代女詩人點將

　　戰後世代，指一九四五年以後出生者，這一年抗日戰爭勝利，台灣脫離日本「殖民」統治，開始推行國語漢字。往後五十年，台灣拜經濟成長、女性教育機會均等、資訊傳布快速，及世界性的女性主義思潮衝擊，女詩人不再如早年般數量稀少，反倒大批湧現、風貌紛呈，形成文壇一股主流聲音。

　　本書論述之詩人最年輕的出生於一九六九年，與年長者前後差距二十四年，概屬同一世代。其中絕大多數有詩集行世；而不論是否出版過詩集，各有書寫的風格特色，都享有令名，可視爲當前台灣詩壇女性創作主力。按出生年順序排列：鍾玲（1945－）、尹玲（1945－）、蘇凌（1945－）、李元貞（1946－）、洪素麗（1947－）、翔翎（1948－）、白雨（1949－）、馮青（1950－）、斯人（1951－）、利玉芳（1952－）、阿翁（1952－）、沈花末（1953－）、葉紅（1953－）、劉毓秀（1954－）、夏宇（1956－）、筱曉（1957－）、邱俐華（1957－，現改用筆名「柔之」）、梁翠梅（1957－）、零雨（1958－）、江文瑜（1961－）、曾淑美（1962－）、鍾曉陽（1962－）、羅任玲（1963－）、陳斐雯（1963－）、黃靖雅

（1963－　）、洪淑苓（1964－　）、張芳慈（1964－　）、林婷（1967－　）、顏艾琳（1968－　）、吳瑩（1969－，同時也用「阿那」的筆名）。

　　按鍾玲《現代中國繆司》一書所載，「鍾玲是一位氣質浪漫的短篇抒情詩人，所抒的情有濃烈的感性」（246）；「翔翎善於融化典雅詩詞語入流順之白話文……有典重之風」（275）；沈花末的詩「屬於抒情的，多爲對愛情、生命的描述」（293）；白雨「筆下出現了一些女性主義的主題。又由於她身處典型的女性困境，詩中也出現一些典型的女性文體特色」（299）；「馮青能自創一格的，是她的都市風情畫，以及用柔美語調，背襯衰頹文明環境的浪漫詩」（306）；「曾淑美有不少情詩承繼台灣女詩人婉約痴情的傳統，如跨越生死輪迴的愛情……帶有一種宿命的悲劇感」（315）；筱曉的詩「大部分爲婉約抒情風格，但滲入了冷凝的觀照」（320）；利玉芳的詩「表現最濃烈的女性身體意識」（324）；「夏宇是台灣少數表現了女性中心論的詩人」（354）；「洪素麗的詩不是環繞環境保護主題著墨，就是鎔冶鄉土情懷與環保主義於一爐」（378）；「斯人的詩有四個特色：㈠人道主義的情懷、㈡智性的深度、㈢澎湃的激情、㈣神祕主義的色彩」（383）。

　　在瘂弦編的《當代中國新文學大系・詩卷》、《聯副三十年文學大系・詩卷》，楊牧與鄭樹森合編的《現代中國詩選》，張默主編的《剪成碧玉葉層層》、《中華現代文學大系・詩卷》、《台灣青年詩選》以及張默與蕭蕭合編的《新詩三百首》等七部選集裡，台灣戰後世代女詩人群，入選七次的是夏宇、六次的是馮青，三次以上有沈花末、曾淑美、羅任玲、陳斐雯、斯人、鍾玲、翔翎。出生於菲律賓的藍菱（1946－）與出生於馬來西亞的方娥眞（1954

一），詩藝頗不凡，但因甚少（甚至全無）台灣生活經驗，其作品未敢納入「台灣戰後」性別意識論述範圍內。

一九九八年「女鯨詩社」成立，王麗華（1954－）、劉毓秀、江文瑜的詩，有令人驚喜的發現。

三、一份問卷呈現的女性觀點

性別意識的文學研究，原不限於詩這一文類，但選擇詩作爲例證，是因詩深具奧祕，「可以追溯到精神生活中被我們稱之爲情結的那些環節」，「超越了個人生活領域而以藝術家的心靈向全人類的心靈說話」（榮格：110－111），詩的意涵也最具擺盪性，不像小說、散文容易落實。女詩人借助詩的抒發、虛構，以彌補眞實世界女性遭受到的歧視、壓迫，很可能只是一種假性意識，然而若能因此擺脫父權社會的價值思考，則對於女性自覺、男女平權的推動，畢竟有功，其意識也就無所謂假性、眞性之分了。

爲形成一種有趣的對照，一九九六年四月，筆者特在文本分析之外，發出一份簡易的問卷調查給本文論述到的二十七位台灣戰後世代女詩人，請她們簡答四個問題：1.妳心目中的男性形象爲何？2.妳覺得女性目前的社會處境如何？3.妳覺得女性在家庭中的角色有無變化？4.妳覺得女性應如何看待自我情慾？扣除地址錯誤、郵遞失誤，或對方拒絕回答者，回收十六份問卷，回收率約六成，已具世代代表性。現將這一份問卷整理製表如下：

台灣戰後世代女詩人的女性觀點

詩　人	心目中的男性形象	當代女性的社會處境	當代女性在家庭中的角色變化	女性應如何看待自我情慾
鍾　玲	是傳統與現代的結合。粗獷、豪邁、眼光遠大、獨立自主，又有敏銳的感覺、深刻的思緒。破除自我中心的反省精神。	仍然很受傳統封建思想的影響，不管是男性或女性自己，多多少少都受影響，不能完全擺脫。	好一點，但大多數女性如果工作，回家仍要煮飯、帶孩子。每一個家庭中，女人都在進行著革命。	學習認識自己身體的反應，學習如何放鬆自己，開發自己。只有充分開發自己，才能與相愛的人在情慾中完成彼此。
尹　玲	理想中？尊重他人。目前：多數不懂得須尊重他人。	可憐、可嘆。	沒有多大變化。	正視。
李元貞	男人只要不做「男人」，即是自由人。	①中產階級的女性較能追求自己的天空。②中下階級的女性的血汗仍未被社會公平對待，仍被壓迫剝削。③一般的廣告、學校、家庭教育仍在物化、性別化女人。	大多數女人仍在做賢妻良母，但已較有參與社會的機會和管道了。少數女人可以追尋單身生活、頂客族生活、女同性戀生活。	有身體就有情慾，應視情慾為自然需求和生命的表現。有社會情慾就被局限，可採多元態度看待情慾，可選擇異性戀、同性戀、自慰或昇華情慾，可自由流動其間，才不會壓抑情慾或被情慾所困。

零雨	分擔世界二分之一的美麗與哀愁，榮譽與責任。製造世界百分之九十九的戰爭與和平，前進與倒退。	以中國女性而言，目前正是黃金時代的開始。從樂觀一面來看，目前中國女性享受著（與歷史相比）空前未有的自由與尊重。從較不樂觀的一面來看，一些根深柢固的觀念及法律的牛步化，使女性處境尷尬、不安，以致進展緩慢。	有突破性的改變。除了傳統的角色——如保母、廚師……以外，今日女性在家庭中扮演了「經濟提供者」、「知識傳播者」、「發號施令者」、「孩子的好朋友」等角色。	應擴大情慾的範疇與深度，以超越不當的情慾文化。廣義的情慾，可使女性掙脫「性迫害」情結，以及不健康的自我凌虐，而轉移（或稱之為「平均分配」）為其他生命層次的追求。這種廣義的情慾認知，將使女性生命更為深邃與豐富。
曾淑美	由於父權體系的毒害，大部分的男性比女性更令人厭煩。我個人喜歡神祕而安靜的男性。	革命尚未成功，同志仍須努力。	從古至今，有收入才有尊嚴。	順其自然。
羅任玲	多數感官與少數靈性的綜合體。	女性若想事業與家庭兼顧，勢必成為兩頭燒的蠟燭，而在拋棄西蒙·波娃所謂「第二性」情結的同時，女性在社會中前進且發展自我的路途仍是艱辛的。	表面上看似有變化，實際則無。「賢妻良母」仍是女性被要求扮演的最終角色。	道法自然。

洪淑苓	積弊未除，新的典範也尚未建立。	不論是高階層或低階層，理論與實際狀況都有著明顯差距。尤其低階層的女性，仍相當受到傳統（不公平的）價值觀約束。我非常同情，也很憤慨。	無太大變化。因為即使一個職業婦女，她仍負擔絕大半的家務與育兒之責任，並且可能因為她有了薪水收入，家計重擔反而落在她頭上，讓丈夫有推諉的藉口。總之，女性的犧牲、奉獻這種角色，並無太大改變。	我覺得這只是都會女性時髦的話題，一個沒有「自我」的生命，如何能談論、享受、發揮「自我情慾」？女性真能成為情慾的主體嗎？恐怕應先把「情」字抽離，像男人一樣，「愛」和「性」分開，「情」和「慾」分開，才可能符合現今的情慾論述，而不重蹈覆轍——以為有了。
林　婷	外在溫柔，內在剛強。	受到部分「女性主義者」的撩撥，盲目地做著表相上的比對與攀爬。	基於社會形態影響家庭結構，女性的傳統角色（定位）漸趨模糊。除了無法改變的生理本質外，追求、爭取與男性對等的空間。但在本質上是無從變化的。	坦然接受，適度表達。

白 雨	偽君子何其多。	不上不下,內外夾擊。	變化不多。	順勢求自足。
斯 人	石濤或德·撒德（Marquis de Sade）。	革命尚未成功,同志仍須努力。	肯定有。從裹腳布到高跟鞋。	有人信百物都可喫,但那軟弱的,只喫菜蔬。喫的人不可輕看不喫的人,不喫的人不可論斷喫的人。 ——新約,羅馬書:14:2-3
利玉芳	責任、有情。	發展空間大,且富有前瞻性。	依女性的理念及成熟度不同而定,應該較過去有變化。	追求精神本位的真情!
沈花末	尊重女性,有責任感。	要達到「兩性平等」仍有一段長路要走,並且,要提高女性地位,首先,女人必須先看得起自己,看得起女人。	有一點。越來越多的女性必須共同分擔家庭經濟責任,但即便如此,女人通常仍是家中負責家務、照顧小孩、煮飯洗衣的那個人。	女性不應放棄自我情慾的發展。

葉　紅	奶爸「電影」中的。	經常性的「尷尬」。	變化很大（丈夫給予相當的尊重）。	以「平常心」待之。
筱　晚	感性與理性，浪漫與現實間如來自在。	女權表面張力高漲特寫下，「全方位」女性在暗地裡爭妍鬥艷。	看似變化球，實際還是依附在傳統角色的定位點。	跟著感覺走，易守易攻的最佳防備戰略。
顏艾琳	女人的孩子。沒有辦法懷孕，也永遠無法得知真正女人想法的另一性。成熟的男人應該要「勇壯」，足以捍衛家庭及家人；要「溫柔、體貼」，對家人呵護入微。	強的太悍；弱的又太可憐，在性別意識自主的過渡期，女人們總體而言的表現，仍舊是一種經過壓抑、修飾後的「世紀末覺醒型」的模樣。不夠了解自己所處的世界。	有吧！現在都是雙薪家庭較多；女性既要負擔部分經濟來源，又要顧及家庭工作，真箇比傳統女性還要來得經濟又實惠！	不管選擇「開放」，還是「保守」，自認為本身是如何對待「性欲」這碼事，都不要有罪惡感或後悔。自由自在就好。
吳　瑩	尊重別人，能寬容體諒，有責任感。	大部分仍不夠好，居弱勢，也許是大環境比起從前改變甚微。但這很難說，有人甘於這種情勢，弱者有弱者的便宜可占。	應該有罷，而且以後的變化應該更明顯，我指的是在人際關係中有自覺，並且有主動選擇的能力和機會。	欲望一旦向外延伸，我想，不論何種性別，至少都必須尊重別人，不能造成傷害。

　　問卷的第一個題目原意是請她們表達理想中的男性形象，但因使用「心目中」一詞，部分女詩人解讀為對男性的印象，於是出現白雨「偽君子」及洪淑苓「積弊未除」的指責。零雨說的也似乎是既成事實的男性。相當多的人強調「尊重女性」、「有責任感」，如尹玲、利玉芳、沈花末、吳瑩；主張「破除自我中心」者如鍾玲、李元貞；斯人、曾淑美、葉紅、筱曉、羅任玲、林婷、顏艾琳各有各獨特喜好的典型。

　　問卷的第二個題目，只有利玉芳看好，但她也只是說「發展空間大」，並未說現況已十分好。其他都認為革命尚未成功、前路多艱辛。李元貞和洪淑苓特別關心中下階層女性受到的剝削，由於李元貞從事婦運領導工作，因此她看出「一般的廣告、學校、家庭教育仍在物化、性別化女人」。羅任玲提出了女性被迫兼顧事業與家庭、形成蠟燭兩頭燒的弱競爭情勢，吳瑩則批判有人甘於享有弱者的便宜。

　　問卷的第三個題目，認為當代女性在家庭中的角色變化很大的有零雨和葉紅，零雨根據女性角色扮演而立論，自有深刻性。斯人和顏艾琳的看法帶著嘲諷性。「女人回家仍要煮飯、帶小孩」，所謂的「賢妻良母」角色顯然已得不到女性的支持。

　　問卷的最後一個問題，談情慾。「認識自己的身體」、「順其自然」，大約是共通的看法；更進一步的是鍾玲主張的「開發」、李元貞主張的「多元」、零雨主張的「擴大」、洪淑苓追求的「自我」、顏艾琳的「無罪」說。

　　總體而言，台灣戰後世代女詩人對「性別意識」是深具意識的，是有話要說的。在這樣的基礎上，拿她們的作品作性別研究，乃事有所本、理有所據，自非憑空杜撰臆測之詞。

第二章 永恆的男人(Animus)

——台灣戰後世代女詩人作品中的男性形象

一、引 言

　　依榮格（Carl G. Jung, 1875－1961）心理學的「雌雄同體」（androgyne）說，所謂阿尼瑪這種女性形象，是「從嵌在男人身上有機體系初源處（primordial origin）遺傳來的因素，是所有祖先對雌性經歷所留下的一種印痕（imprint）」（1988：608）。相對而言，阿尼姆斯（Animus）則是嵌在女人身上有機體系初源處遺傳來的因素，是所有祖先對雄性經歷所留下的一種印痕。

　　雖然我們知道詩歌的藝術本質，屬於美學範疇，是心理學所無從回答的，但詩人在心中醞釀創作時，不可能完全在自覺意識掌控中捕捉意象，每每有天馬行空、天外飛來的創獲。因此，許多超越我們理解，卻令作者竊喜而令讀者讚賞的奇特語言、奇特象徵，常常是無意識暗流衝激的結果。如果我們想摸索隱藏在詩意象背後，「用千萬個人的聲音說話」（榮格1994b：92）的原始意象，集體無意識的原型心理學說無疑是一支可以試探的鑰匙。

　　本章將試著去發現詩人無意識中所拼貼出來的原始意象，從女

詩人（以戰後世代為主）的作品中細嗅她們生命深層結構中的歡樂與
悲哀。

二、「雌雄同體」說的譯介

　　雌雄同體說原是榮格心理學的核心理論，七十年代起，西方女
性主義研究者拿它作為解放（生物）性別的武器，日漸受到文學界
重視。蔡源煌（1948－）說：「我們有理由相信，男女作家有能力
刻繪異性角色，是因為人最原始的構成中已兼具了兩性的成分，祇
是社會價值及意識使這種能力蒙蔽了。佛洛伊德及英國女作家吳爾
芙都曾說過：每個人有一部分是男性成分，有一部分是女性成分。
就文學創作而言，也許祇有讓作家這種雌雄同體的潛力充分發揮，
才會有更高境界的文學表現。」（19－20）這段話可視作榮格「富
於創造性的作品來源於無意識深處」（1994b：113）的再詮釋；它
同時呼應了台灣前行代詩人瘂弦（1932－）一九八四年八月在《詩
人季刊》論「性別」的一段札記：「天才是無性的。宏偉的文學頭
腦常常是半雄半雌結合。純男性或純女性的頭腦，每每缺乏較高的
創造力。」（9）

　　廖咸浩指出，Anima和Animus事實上是一個完整人格中，交相
制衡·互予補足的兩個部分，這種象徵大多出現在各民族的創世神
祇身上；他引用十七世紀初新教神祕主義者亞克·伯馬（Jakob
Böhme）的理論說，上帝所創造的第一個人類亞當也是雌雄同體的，
亞當的陰性部分叫做蘇菲亞（Sophia），在中國，女媧與伏羲這對

時而兄妹、時而夫妻的類創世神，則是自雙性創世神演化出來的「原始配對」（122－126）。可見不論東西方，雌雄同體是共有的文化原型。

雌雄同體既是生物現實的反映，則男人的無意識會朝向女性形象人格化，女人的無意識會朝向男性形象人格化。換言之，占絕大多數的雄性（或雌性）基因成爲性決定中的決定因素，占很小數量的相反性基因則看來可以產生出一種與相反性別相等量的性格（榮格1988：607）。

將此理論應用在台灣現代詩分析上的，可以奚密（1954－）和鍾玲（1945－）作代表。奚密〈後現代的迷障〉以男詩人黃智溶（1956－）〈那一個人〉爲例，說明「女性主義對後現代詩觀的影響和啓發」，詩人對性別角色的詼諧嘲諷。〈那一個人〉收入黃智溶著《今夜，妳莫要踏入我的夢境》：

> 那一個人　竟然
> 同時愛上了我們夫妻二人
> 既仰慕我的才德
> 又迷戀我妻子的姿色
>
>
> 那一個人　竟然
> 同時愛上了我們夫妻二人
> 既仰慕我的才德
> 又迷戀我丈夫的姿色

　　那個人

　　既是男人

　　又是女人（57－58）

　　撇開這首詩的歧義性和弔詭性，如奚密所謂「〈那一個人〉是同時和傳統兩性差別定義及現代（愈趨複雜的）兩性關係的對話」，令人印象至深的，當然是那一個人既雄又雌既男又女渾然一體的新性別。鍾玲則舉女詩人夏宇（1956－）〈頹廢末帝國II——給秋瑾〉一詩，又一次說明詩人將性別重新劃分，「女性（或男性）可以是雌雄同體，即身為女性，亦可有傳統認定的男性特徵。」（1993：203）

三、Animus的發展與顯影

　　榮格認為，心靈核心通常用一些四倍結構來表示，例如Anima（男人心目中的女性形象）的第一階段以夏娃為象徵，屬於本能與生物學上的關係；第二階段以《浮士德》（Faust）的海倫為代表，是人格化了的浪漫與美；第三階段的形象以聖母瑪麗亞為例，突出愛的奉獻精神；第四階段是智慧、聖哲的形象特質，如沙皮恩特亞（Sapientia）、《所羅門之歌》中的舒拉米特（Shulamite）、或蒙娜·麗莎（弗朗茲：163）。Animus（女人心目中的男性形象）同樣展示四個發展階段，第一階段追求體能和技術能力者，據榮格夫人（Emma Jung, 1882－1955）在Animus and Anima一書中所舉，包括

運動員、故事英雄、牛仔、鬥牛士、飛機師等，顯然是健美男子的投影（3）。第二階段呈現具有創新精神和計畫行動能力的形象，這一階段很接近下一個階段以「字」爲男性特質而以教授或牧師等爲代表的權威形象。第四階段的男性形象是意義的化身，如先知、宗教經驗調停者、智慧老人（弗朗茲：170）。

　　儘管弗朗茲（M.-L. von Franz, 1915－）認爲，Animus的階段性發展是隨女性年齡的精神進化與她的心靈相聯繫（170），但吾人既無從就同一詩人寫作期之不同而查出此一階段順序（往往是摻雜互現的），各家創作力蘊蓄不同，我們也無從就不同詩人創作年齡表現之阿尼姆斯，推斷某一階段發展爲必經之路。然而，分就詩裡面不同之男性形象加以分析，以顯示女詩人集體無意識中之各種原型，從而見出人物意義之根源，有其相對的意義。四個階段說在本文論述中，聊備參考而已。

1.父親

　　榮格夫人《阿尼姆斯和阿尼瑪》（*Animus and Anima*）一書講到女性從外在世界回映到內心的阿尼姆斯，最早是父親（216）。弗朗茲說女人的阿尼姆斯受其父親影響（166）。克里斯多佛‧安德生（Christopher P. Andersen）也說，父親是女性內心深處的男人的模型，是她們期望的榜樣，也是外在世界的權威象徵；做父親的跟女兒的關係，像走在一條拉緊的單索上，女兒的戀父情結導致一個小女孩生出渴望獲得父親注意的心理，「父親是女孩施展女性魅力的第一個對象。在三至五歲時，當一個小男孩宣稱他要娶媽媽時，小女孩便會向爸爸拋媚眼。在母親給她洗澡前，她很可能光著

身子跑到客廳去搔首弄姿，打擾在看電視新聞的父親。」（115）

　　然而，父親出現在女詩人筆下的機率卻不及母親來得多，分析
其原因，不外乎母親代表愛，父親卻是現實生活中的陌生人。一般
女詩人仍慣常取材生活，能挖掘入內心深處的心理或相對處境的作
品畢竟不多。特別是在父權未解構的時代，血肉相連、愛恨糾葛的
真實父親形象不彰，往往代之以屈原、黃花崗七十二烈士等刻板式
的「父系」角色。屈原像文學之父，黃花崗烈士像青年之父，這樣
的角色認知，男女皆然，是制式化教育底下所造就出來的，一種性
格不全的阿尼姆斯。馮青（1959－）的詩：

　　　飛簷斜掛著
　　　七十二顆星宿
　　　與銅像焦慮的眼神默默相對
　　　山川冷肅如一首先烈的絕命詩
　　　每一吟哦
　　　都是不忍卒讀的傷口（1983：111）

　　　同樣的橫逆
　　　方格紙上
　　　嚴霜的憂戚
　　　化爲神
　　　化爲如此一朵
　　　咆哮的輓歌（1983：108）

前者寫國父紀念館，後者寫屈原。這樣的題材換另一個人另一枝筆

來寫，也不會有太大的差異，這是假心理圖像，不是自己栽種成長的，而像剪來的瓶花甚或只是紙紮的；雖可以歌詠，畢竟有隔，不足以稱爲探索生命之歌。實存的、有生命感的父親形象是夏宇筆下那位唇角已經發黑、死去了的父親：

> 我們送他去多風的高地
> 行進一個乾燥繁瑣的禮儀
> 給他寬邊的帽子，檜木手杖
> 給自己麻布的衣裳
> 組成整齊的隊伍
> 送他去多風的高地野餐（1986：94－95）

夏宇發表這首詩時二十六歲，她演練的是一齣死亡劇，劇名爲〈野餐〉，她演父親的女兒。她讓送葬的行列整整齊齊，並且設想是去野餐，在後續的詩行裡她發表對死亡的意見，說回歸大寂大滅，「那並不是最壞的」。我們因此可以假想那是年輕的夏宇對死的揣想，她設想自己在「死亡」情境中的心理，父親成了她表述這種心理的人格面具（persona）：

> 他馴良而且聽話
> 他病了太久，像破舊的傘
> 勉強撐著
> 滴著水
> 「生命無非是苦。」
> 我說謊。我24歲。

　　他應該比我懂，但是，
　　比呼吸更微弱，彷彿
　　我聽見他說：
　　「我懂，可是我怕。」（1986：95－96）

「生命無非是苦」，夏宇說出這話立刻補充道「我說謊」，因為這是她模擬父親說的話，她自己真正想告訴父親的是她不能與他同行，就像十三歲時她跟父親一道去買書，卻「因為急速發育而靦覥／自卑，遠遠的，落在後面」（1986：98），這樣的男女意識是因身體本能所引致，未成熟的女孩以「自卑」面對她心中欽仰的阿尼姆斯──父親。鍾玲曾約略分析過這首詩的女性心理，並以之比較美國女詩人雪維亞・普拉絲（Sylvia Plath, 1932－1963）在〈爹地〉（Daddy）詩中「大膽地探討對父親的占有慾及愛恨情結」，說「台灣女詩人處理父母的關係，流露比較溫和的情感」（1993：196－197）。

　　普拉絲的〈爹地〉，張芬齡（1954－）曾翻譯，收入《現代詩啟示錄》一書：

　　你下葬那年我十歲。
　　二十歲時我就試圖自殺
　　想回到，回到，回到你的身邊。
　　我以為屍骨也是一樣的。（226）

　　這種女兒和父親之間的「情結」，曾震撼過弗洛姆（Erich Fromm, 1900－1980），並改變了他的思維。他在《在幻想鎖鏈的

彼岸》（*Beyond the Chains of Illusion*）一書中，曾追述個人經歷。當他十二歲時，認識了一位年輕漂亮的女畫家，他記得聽人說起過，女畫家訂婚不久就解除了婚約，她總是陪伴著那位喪偶的父親，而她父親在弗洛姆記憶裡卻是一位索然寡味、其貌不揚的老人。然而，有一天，弗洛姆聽到一個震驚的消息：女畫家的父親去世後不久，她也自殺了，且留下遺囑說她希望和她的父親合葬在一起。「這一切何以可能發生？」是弗洛姆心中長留的困惑（2）。

〈野餐〉和〈爹地〉中外兩首詩中都標示幼年發生的事，用歲數印證當時與後來，形成內張外弛的對照。

父性性格的人物，不純然是正面令人私心愛慕的，也有負面的阿尼姆斯，像尹玲（1945－）的〈鬥牛士〉，原應是第一階段的「健美男子」，但因詩中有「可憐民主這頭犢牛」（177），反襯出鬥牛士竟是威權政治的人物。李元貞的《女人詩眼》，有幾首詩使用「諸公」（影射「豬公」）一詞，白話地說，就是「那些男人」：

> 台北市燈紅酒綠
> 愛國捐款下謠言
> 滿街飛馳
> 諸公們永遠在開會
> 報紙只願意說好話（109）
>
> 每一次開完會
> 我得坐在諸公之間
> 面對奢靡的酒食

　　打著新女性的旗號
　　裝瘋賣傻地
　　讓諸公灌酒吃豆腐（111）

　「諸公」指好多位男人，不是單指一人。弗朗茲〈個體化的過程〉中明示：陽性特質常常以一群男人的形象出現，代表一個集體而非個人的因素，「正因爲這種集體意識，女人習慣於（當她們的陽性持質通過她們來表達時）用『人們』、『他們』、或者『每個人』來代表它，並且，在這種情形下，她們常用的詞有『總是』、『應該』和『一定』。」（169）上兩個例子裡，李元貞的男性形象的確是以群體方式出現，沒有個別清晰的面貌；「永遠在……」和「每一次……」也符合弗朗茲所認定的語氣。當李元貞用貶抑、嘲諷的語氣說著「諸公」的事時，她的聲音是男性化的，響亮、堅定，有打擊的企圖，她之所以採取對抗的姿態，正是要凸顯女權運動者的身分。當「諸公」掌控全局，或想吃她的豆腐時，李元貞陽性特質的「武裝」觀點是：「該把紙菸戒掉／在冬冷的陽光下鍛練體魄」（111），「我一面乾杯一面暗算你們的死期」（113）。

2.白馬王子

　　王子與公主圓滿結合，大約是所有人成長路上無法拋開的一個夢。這個夢總以不同的風景、人物、情境，投射在青少年邁向成熟的第一個生命歷程中，而後不斷地浮現，重複、改變、再出現。年輕人擁懷這樣的夢，追尋、調整、破滅，重新再追尋，是促使個性更開闊、更成熟不可缺的心理發展過程。換句話說，「白馬王子」

是生物的、體能的健美形象，是純眞少女夢寐以思的阿尼姆斯。這
一類型的男性形象自具生命活力，有狂野之氣，試看大陸女詩人伊
蕾（1951－）筆下的黃果樹大瀑布：

> 我靈魂不散
> 要去尋找那一片永恆的土壤
> 強盜一樣去占領、占領（6）

那力能砸碎小床、夜晚、雕像、慾念、徬徨的瀑布是雄性的生命，
白岩石一樣砸下來，成爲少女心中膜拜的偶像。

「白馬王子」在顏艾琳（1968－）詩中也有多重角色的表演，
用愛情飼養的寵物是一種：

> 情人帶來一隻獸，
> 叫我輕撫它的脊椎骨。
> 它的毛髮以溫柔
> 來回饋我易滿足的觸覺
> ……後來
> 我的神經與它的神經接通了，
> 漸漸，感覺它的侵佔。
>
> 我向情人呼喊：
> 「它消化我了……」
>
> 情人卻用一種愚人節的微笑
> 看著我無法抵抗，

> 而被一隻以愛情飼養的寵物
> 所吞噬。
>
> ：「夜，
> 謝謝你啣住了她的情緒。」於是
> 我的情人在過後不久
> 便無法控制
> 那隻巨大且狂野且黑沉且柔情的
> 獸。（1993：99）

這隻寵物是溫柔的獸，討她喜歡、與她體貼合一，一旦無法控制時，這隻獸的身形似乎還會長大，變得「巨大且狂野」。雌雄同體的創作意識，從「我的神經與它的神經接通」，「它消化我了」，被它吞噬，以及明明要表明男獸的情緒卻說是女主角「她的情緒」等等詩句中清晰可見。巨鯨與狼人是另一種化身，在〈巨鯨的自卑論〉，顏艾琳賦巨鯨以害羞的表情；巨大是雄性屬性，害羞和囁嚅（濡濡地吐出泡沫）掩飾的動作則是女性化的（1944：129），詩人藉此暗示巨鯨的雌雄同體。〈狼人之夜〉：「他那微弱的飲泣／在寂靜無人的夜裡／迴響成懾魂的／一陣狼嚎」（1944：107）。微弱的飲泣是女詩人內在的聲音，經由狼人的嘴發出，成為懾人的狼嚎。

　　若非榮格提出陽性特質（女性的男性特徵）這種學說，我們很難將顏艾琳詩中的鯨與狼和女性的潛意識原型勾連在一起。在同一本詩集，顏艾琳還有一首題名〈8號籃球手〉的詩：

我知道：

中鋒有個三角肌，

前鋒留龐克頭

領隊有一張酷臉；

但，8 號長射手

卻把他的笑容

投入我的心。（1944：16）

顯示青春期女性喜歡有三角肌的、留龐克頭的、長得酷的、能把笑長射進女孩心的運動員型帥哥。她簡單幾筆就能造出一種典型，完全符合抒情小詩的特點：心象的拓印即詩藝之終極。

英雄的塑像是「白馬王子」的進一步發展，例如張香華（1939一）的詩〈英雄塑像〉：「在孤絕的峰頂／我叫出一聲吶喊／因為，命運的巉巖／沒有扶梯可攀」（189），她引我們去看一個高高矗立、周身布滿情采的俠士。鬥牛士原是第一階段「低級的阿尼姆斯」，但到得蓉子（1928一）手中（〈鬥牛士之歌〉），由於詩人心智之成熟轉變，竟寓含了英雄回顧而自我傷悼之情：「難道這也是英雄事業？／難道我真比牛還聰明？／當我和一隻牛頻頻對峙在鬥牛場上／同為觀眾的娛樂！」（274）這麼看，似乎又是第二階段有思維有計畫能力的阿尼姆斯了。前面提過的夏宇的〈頹廢末帝國 II〉（1991：59），那位以男裝出現的秋瑾❶，釋放著華美高

---

❶ 在日本女學者小野和子的著作《中國女性史——從太平天國到現在》中，曾記述秋瑾為什麼要身著男裝？她說：「我對男裝有興趣。實在是想具有男子那樣堅強意志。為此，我想首先把外形扮作男子，然後直到心靈都變成男子。」

亢的男性，也絕非第一階段類型。

夏宇重新詮釋《仙履奇緣》的長篇巨製〈南瓜載我來的〉，近三百行，將王子與辛德瑞拉都從童話中放逐，使原來的童話深沈化、人性化、曲折化；詩中的王子有華麗的鼻子、有平坦無憂的額頭；為愛，他將展開千噚萬噚的狂野與溫柔，但當鐘響十二，情節發展出人意表：

> 最後一響，他的眼裡輝煌驟滅
> 由興奮高處跌落的聲音：
> 「12點了，根據童話，」他說
> 「你該走了。」
> 「當然，」我說，驚慌，力求
> 鎮定：
> 「我應該逃走，然後，
> 　遺失我的鞋。」
> 「隨便你，老實說
> 　那對我並沒有什麼分別。」
> 「不，根據童話，你應該
> 　愛上我的鞋，終於找到我，
> 　然後我們過著快樂的生活。」
> 「不，我改變主意了
> 　——我疲倦了。」（1986：54—55）

那改變主意、疲倦了的王子，就是夏宇的阿尼姆斯——時而高傲時而冷漠，驟變、調皮、不受規範的性格特徵。

3.浪子

　　林泠寫於五十年代的〈微悟〉，是新詩史上的名篇，一直到今天仍為人傳誦：

　　　在你的胸臆，蒙的卡羅的夜啊
　　　　我愛的那人正烤著火

　　　他拾來的松枝不夠燃燒，蒙的卡羅的夜
　　　　他要去了我的髮
　　　　　　　我的脊骨……（49－50）

這首詩副題：為一個賭徒而寫。這個賭徒自己賺的錢不夠花用，於是壓榨女友的膏脂；女友之所以心甘情願被他壓榨，原因就在於他是浪子——一個以誘惑女性、征服女性為榮並以此吸引女性發揮母性愛的浪子。

　　這類型的人，具有傳說中唐璜的性格，雖然墮入地獄之中，猶做困獸之鬥；在徹底的滅亡之前，其一舉一動所表現出來的美感，既令人歡憐，又令人顫慄（中西信男：6）。身形瘦削、衣衫敝舊，去來飄忽，生命情態或頹靡或蒼涼。然而，他們確實是女性的阿尼姆斯。檢視戰後世代女詩人作品，尹玲的〈尋人啓事〉、夏宇的〈安那其〉、吳瑩（1969－）的〈流星考〉和零雨（1959－）的〈孤獨列傳·樹〉都是。先看尹玲的浪子情結：

　　　不知道他是什麼時候走的
　　　驚覺他不在時

　　　已是很久以後的事

　　　於是開始回憶
　　　想他相伴的日子
　　　天空彷彿特別地藍
　　　白雲也比現在的白
　　　遂以為他會一直待在那裡
　　　誰知他也學人
　　　不告而別（90）

這是對把握不住的生命的悼念。不告而別的也可以是「時光」，詩人將無法捉摸的時光寄託在具象的男子（他）身上，從阿尼姆斯的角度看，女性的傷春就莫非是尋異性的安慰了。夏宇台語歌謠曲式的〈安那其〉，又名「男性的苦戀」；安那其（anarchist）是無政府主義者的音譯。詩中這位有著安那其運命的男歌手就是男性的夏宇，她（他）行至苦戀的港邊，想起從前的自己。多少時空的逆旅使從前的自己，從「美麗的」、「蒼白的青春熱烈的」，以至於淪為「詭異的」、「飄零的」、「惘然的」、「虛幻的」形體，夏宇嘶唱出她內在的男性的成長歷程，從而揭露人生無常的傷痛：

　　　我詭異的安那其運命是彼日的
　　　酒場還是今宵港都寂寞的雨
　　　為著前程放捨的
　　　安那其秋夜月暗暝船螺聲響

　　穿透滴血的心肝我

　　飄零的安那其

　　惘然惘然的安那其今日純情

　　怎堪明日海上風雨怎樣我又攔

　　來到昔日談情的樓窗

　　看見我虛幻的安那其

　　風吹微微再想再想

　　也是伊（1991：54－55）

這浪子曾經流連酒場，曾經擁有談情的樓窗，而後「為著前程放捨」，投入「海上的風雨」，終致世事成空，重回首，欲尋無路，苦苦道：「風吹微微再想再想也是伊」。將從前的青春男兒比作安那其，想來是要用「無政府主義者」類推「無家庭主義者」；而當讀者證實「我」即是「安那其」即是「伊」時，必將引動對榮格心理學中「自身」（self）的冥思，生物性別的界限消失了，與浪子對視的不是別人，是時光。這一點，同尹玲詩所透露的心理訊號一樣，應視為女性共通的心理情結。

　　吳瑩的〈流星考〉將浪子託喻成流星，她提醒世人注意浪子深心的願望：

　　因為長久的寒冷

　　與孤單

　　他開始奔跑取暖

　　　　在地球

> 一具隕石體內
>
> 人類發現了無數願望的碎片（13）

這種母性的敏感也見諸顏艾琳的〈流浪漢〉：「是誰辜負了他？／還是誰／使他如此地辜負自己？／或者該給予施捨的我們，／早就拒絕他的存在？」（1994：101－102）至於零雨則將這份情處理得蒼涼剛烈。零雨出身中文系，潛意識夢境受史傳俠氣、詩書俠情所薰陶：

> 許多我不理解的謎語　傳遍了長安城　樹在
>
> 晚風裡輕搖　有人　留下一個空蕩的劍鞘　在
>
> 晚風裡輕搖　樹　上面刻了一個漫漶的名字
>
> 酒樓裡傳出一首歌的身世　葉子又落了（1990：108）

4.撞鐘人

這裡所謂的撞鐘人不是工人差役，是有創新精神和計畫行動力的人，例如畫家、鋼琴家、思想家、舞蹈家、歌者等具專業之形象。他們追求象徵秩序之和諧，奔流著不可遏抑的想像力，一如林泠〈撞鐘人〉一詩中那位她久久設想、執著造型的黑衣撞鐘人。黑衣是表露於外的「深沉」面相，其內涵為「智慧底溪流」（14）。

關於這一類型的男性心靈，反映的是一位知識女性在生活經驗、教育歷程中崇拜的對象。首先讓我們想到的是夏宇的〈一生〉：

> 住在小鎮
>
> 當國文老師

> 有一個辦公桌
> 道德式微的校園
> 用毛筆改作文：
> 「時代的巨輪
> 不停的轉動……」（1986：120）

在生活簡樸的小鎮，當一位國文老師，作大家精神的表率，曾經是很多人年少的夢，儘管成年後不免覺得那樣的老師有點閉鎖，有點冬烘，但畢竟曾是一座心靈堡壘。夏宇筆下這位用毛筆改作文的老師，雖未標明性別，在時代巨輪底下，何妨聯想成一襲長袍傳道授業的老夫子。唯以夏宇的慧黠叛逆性，又多少帶了一點不屑其落伍的嘲諷性。

羅任玲（1963－）的〈給米開蘭傑里的「冬日時光」〉，致敬的心理已十分成熟，對象是本世紀義大利最好的鋼琴家米開蘭傑里（Artur Benedetti Michelangeli, 1920－），此君才氣縱橫，而脾氣甚怪，像一位孤獨隱士而姿態極高，出外演奏自帶鋼琴、床，喝特定的礦泉水，行徑、曲風不屬於大眾，但行家知曉他工夫的厲害。

> 有條小路回到過去
> 滿是松脂的黃昏
> 塵埃等著，你的髮茨有雪
> 唉忘了忘了忘了忘了吧
> 秋末的正義與落葉

　　這世界的冬日多麼奇異溫暖

　　鼠們回到窩居停止咬嚙

　　窗前有雪和一點點寂寥

　　狼的足跡

　　棄置的小紅帽（86－87）

從詩中讀者不易拼合出米開蘭傑里的畫像，只感覺到有一條線索在一座磁場上引逗著，有一段距離遙隔著，像這位鋼琴家的孤隱個性，羅任玲是在用這位鋼琴家的性格思考。零雨的〈尼金斯基日記〉共有兩首，致敬的對象是從芭蕾過渡到現代舞的俄國舞蹈家尼金斯基（Vaslav Nijinsky, 1890－1950），尼氏性格特別，死於憂鬱症，代表作為《春之祭》、《牧神的午後》等。日記 1.以第一人稱敘事觀點映照出一隻活在他心中的麋鹿──後腿輕躍，胸脯曠達，眼睛永遠醒著的鹿：

　　那些孤獨的人走出來

　　沒有看見麋鹿

　　房子被拆除

　　露出生病的一角

　　天空

　　我要他們感覺

　　他們搖頭（1992：96）

詩中的「我」若是零雨，則鹿就是尼金斯基；「我」若是生活中的尼金斯基，鹿就是舞台上的尼金斯基。日記 2.以第三人稱敘事觀點

描述他演出時與卸粧後的情形，值得注意的是第二節：

> 他身上掛一個十字架
>
> 伸出手染滿血腥
>
> 剛才的夢中他殺了自己
>
> 許多人死去
>
> 留下半邊臉
>
> 他在化粧
>
> 鏡子裡
>
> 有一個奇異的孩子（1992：99）

夢中的他與真實的自己，對鏡化粧的人與鏡中出現的孩子，這麼多重的化身關係，如幻影一般，適足以顯示尼氏患有精神病。不論第一首或第二首都出現了似孤立又似相連的意象，敘述者躲在意象與意象的夾縫間，欲為尼金斯基化身的企圖不難察覺。

　　在另一位五十年代出生的女詩人馮青的詩集中，我們找到兩個男性形象，可歸屬於撞鐘人類型的阿尼姆斯，一為畫家梵谷（Vincent van Gogh, 1853－1890），「我們纏著他／他就把內臟攤給我們看」，「我們纏著他／他就把每一無辜的事物／攤給我們看」（1989：82－83），表露追求本質與真相的願望。另一為流行歌者羅大佑（1954－ ），詩人說「沒有光的世界／在歌裡死去又復甦」（1989：85），詩人在歌者身上的寄託是：做一個懂得哀愁力竭而死的歌者。這一階段的阿尼姆斯對「自身實現」具有相當的刺激作用，特別是對受過高等教育的女性，「他們」會支配她們的思想，就好像她們自己擁有這樣的思想和感情（弗朗茲：168）。女詩

人一旦被潛意識的形象所擁有，她們在現實世界中的思想和感情，往往成為犧牲，不容易再找到另外的託付。女性的遲婚、不婚或再婚，如非受男性所宰制所致，則或應連結性別意識加以思考。

5.智慧老人

陽性特質的最高境界，根據弗朗茲的說法是「意義」（meaning）的化身，成為一個宗教經驗的調停者，甚至就是神、天父，「他使女人精神堅定，並以無形的內在支持來補償她外在的柔弱」（170）。在古代，有一些女性成為民族的占卜者和先知，在現代，有一些女性成為激勵男人從事創新建設的力量泉源，都是這一特質的聯繫。

除了宗教經驗的調停者，榮格有時候也把智慧老人稱作意義的原始模型（弗爾達姆：59）。在〈童話中的精神現象學〉一文中，榮格說：「老人一方面代表知識、思想、洞見、智慧、聰穎，另一方面亦代表諸如善良、樂於助人的道德品質。」（1994c：355）

弗爾達姆進一步對這一類型的阿尼姆斯分析道，這種潛能也有可能是具破壞性的，例如一個人相信自己陳述的是他本人的思想，表現的是他自己的能力，不知道這智慧其實是無意識的，必須服從於有意識的批評與判斷才有價值，這人便面臨瘋狂誇大與著魔的危險，幻想自己是國王、自己曾與許多名流偉人交往（60）。像這種偏離人格正常發展的個案表現，可舉零雨〈十字路上〉一詩印證，這首詩一開頭就利用僧人站在銀樓前的意象，表達無欲與欲的對抗：

穿著僧袍的人，站立銀樓櫥窗前，細細指

點。他們臉上閃著金黃色的光芒。僧袍，在無

人看到的微風裡，搧動。（1990：101）

僧人是智者是意義的化身，但他面對橙黃金飾的誘惑力，心潮翻
湧，僧袍竟也無風而動。詩的最後一節，負面形象果然具體呈現，
「失心的人」製造了不知名的血印（無所爲而爲），「荷鎗的人」在
黑暗裡出現，「鎗聲，打斷了十字街，長而疲憊的哈欠」，以暴制
暴，極端的偏激。反之，用以凸顯超自然神力的歌詠，則見諸蘇凌
（1945－ ）《蝶歌》裡的兩首詩〈連禱〉和〈安息日之晨〉，這兩
首詩都寫天上的父。〈連禱〉中詩人所期待的呼喚是：

「向我學習、聆聽我的話語
像我靈的溫柔那般行走，
您必在我這裡得到平安；
因那悲難使我自己，就是神
至大者，因痛苦而顫抖。」（118－119）

相對的回應在〈安息日之晨〉：

在肯定千萬次的時空之鞭笞
最末肯定的煉獄邊緣
火焰再升
他低垂的臉影印著
沉默者從容的笑
他聆聽著（41）

這般「行越生之幻象寂滅／爲確認永生的召顯」（119），正是天父不朽的設計。至於陳斐雯（1963－）的〈老人〉，是以一個卑屈的影像發揚生命的韌性：

> 在青山路二十四號附近
> 佝僂的背影像在佇足沉思
> 再一次與他擦肩而過
> 驚覺某種進度仍被堅持著
> 瞥見汗水不斷自他額上
> 向矮腫而陰暗的影子滴落
> 想起昨夜蹲在人生的死角裡
> 動也不肯動一下的憂愁
> 不禁爲自己連日來想死的念頭
> 深深垂下了頭（145）

這位老人行動遲緩，但意志堅忍，他那麼勇敢地在人生路上走著，像是爲完成一次救贖而來。年輕的女孩曾經坐困愁城想死，目睹此景，得到啓悟──年輕的她通過年老的他而開展了人生新路。

零雨的〈龍場〉寫貶官龍場、安於黑暗、認清自己如同接近眞理的王陽明（1472－1529），詩人與他「重逢」時，他在那裡彷彿已住了許久。他們一塊兒坐下，平心商量，喝酒，聽雨落在簷上，相約在人間做一些事（1992：95）。這一刻，零雨有了王陽明垂老的境遇和心情。零雨的另一個智慧老人是春秋楚人伍子胥（？－前485），一個傷時悲遇的歷史人物，所演繹的情節是伍子胥諫夫差不聽，自刭前告其舍人：「抉吾眼懸諸吳東門，以觀越人之入滅吳

也。」詩中反覆出現「把眼睛分開，一隻看守××，一隻看守××」
（1992：74）的句子，那是智者的預言，零雨在詩中藉夢境具現那
束手立於庭中的老人，在暗處，她與他疊影——藉「古人」以凝聚
精神力量，化身爲先知。如同鍾玲（1945-）以〈飛蓬的白髮〉
（1988：23-25）歌讚她崇敬的美國詩人王紅公（Kenneth　Rexroth,
1905-1982），馮青將哲學教授殷海光（1919-1969）比喻爲黑色
大師（烏鴉），勇敢深情，高舉著自己的手臂，在箝制思想的社會
「放出／一次次高過靈魂的／聲納」（1989：145），皆因親近或
熟悉其人而在心中烙痕。榮格說：「何處需要見識、理解、良策、
決斷、計畫等等而又非個人能力所及，何處就有以人物、妖怪或動
物面目出現的精神原型。」（1994C：350）這樣的精神原型，表現
在詩裡，大多是詩人的積極想像，尹玲〈龐貝最後的姿勢〉，把驚
慌中匍匐就地抗拒蒙頭而來的岩漿的龐貝城，塑造成一位未被告知
被埋命運的巨人（132），就是一個例子。

　　以小孩形象出現的阿尼姆斯，也應歸在「智慧老人」項下討
論，榮格在論〈童話中的精神現象學〉曾說「老人和孩童相互歸屬」
（1994C：350）。仔細解讀夏宇的〈小孩㈡〉（1991：32-33）將
發現那不是具體經驗的兒童，而是小孩的精靈，集合在一個形式下
出現，符合阿尼姆斯的傾向（弗爾達姆：55）。他們「有一座共同的
墳／埋著穿不下的衣服鞋子和手套」（夏宇1991：32），他們現在早
應「長大成人」，小孩形象只是從前的定影罷了。詩的第二節，他
們「奇異突兀地笑著／切下指頭立誓／無以計數的左手無名指指頭
／丟棄在冬日的海濱樂園」，如此詭異的作爲，只有精靈才可能。
於是，當「所有的小孩化妝成野狗回到／最後的街口　張望著／回

不去了的那個家」，自然就形成一群小仙人的年度節慶；既然是小精靈而非真小孩，詩一開頭說「所有失蹤小孩組成的祕密結社」，就豁然可解，不至於像鍾玲在《現代中國繆司》一書中有「不合邏輯的情節」的質疑了（365）。中國古典文學之中，也有「小仙人」的具體事例，《莊子・徐無鬼篇》說黃帝將去具茨山見一個修道的人，結果迷路，碰到了一個牧馬童子，那童子既遨遊於六合之內，且復遊於六合之外，不但知道具茨山在哪裡，也知道大隗那個修道人在哪裡。這童子顯然就是一個智叟。張香華〈我不能寵你——給Paul Engle〉詩中有「你，永恆的孩子，值得所有人來寵你」（48）也是企圖塑造永恆的智叟即永恆的小孩的意象。

四、結　語

弗爾達姆說，阿尼姆斯能促進女性對知識及真理的追求，並且把她領向自覺自願的活動（57）。女詩人透過隱喻的語言把原型「翻譯」在她們的詩中，其中所呈現的魔術般複雜的心理關係，有助於我們認知詩所表現的「文化劇本」中角色。以榮格的雌雄同體無意識原型說介入詩的詮釋，無疑將增艷詩的色彩、豐富詩的形象，使詩的解讀更加成為波濤洶湧、興味盎然的冒險之旅。

第三章　從半裸到全開

——台灣戰後世代女詩人的情慾表現

一、引　言

　　情慾有生物、心理、社會、文化等多方面的意義。就生物功能言，人類的求愛與做愛行為，可說是不受意識指揮的生理反應，「就像心臟一樣只要我們活著，就自然會規律跳動下去」（馬基利斯：12）。強調徹底自我解剖的微精神分析學家方迪（Silvio Fanti, 1919－）也認為，性交是爆發在虛空中的一個共衝動的焰火（262），是人的第三項主要活動，從心理生物意義上講，它排在睡眠（夢）活動與過激活動❶之後（226）。

　　在資本主義生產的自由化空氣底下，性行為的自由導致性關係的無政府主義。由於台灣社會的資本主義化、自由化，性資訊的解禁乃勢所必然；兩性權力互有消長，性經驗的傳布不再專屬男性，女性擺脫了生育為主的觀念束縛，性享樂的舞蹈與性壓抑的狂擺，一躍而為情慾表現的重要符碼（姿態），性事成為最新最熱門的文

---

❶　過激活動包括分娩、自殺、暴力破壞等行為。

化課題❷。

　　誠如李瑞騰（1952－）在《台灣詩學季刊·性愛詩專輯》〈前言〉所說「八十年代以降的台灣文學已大膽突破『性』的禁區」，然而蕭蕭（1947－）發表在同一刊物上的〈現代詩的情色美學與性愛描寫〉論文，所討論的詩例卻全出自男性詩人，無一篇女詩人的作品。這究竟是蕭蕭個人閱讀選例有所偏愛，還是八十年代以降的台灣女詩人尚未突破禁區，在情色文學上繳了白卷？

　　在蕭蕭筆下，男詩人的情色描寫，意圖分歧，歸結起來可分出八種不同的意涵：

　　㈠罪惡的代名詞，㈡矛頭大抵指向性的墮落，㈢作為發洩苦悶的工具，㈣綿延生命之需，㈤盡情揮灑的野性之美，㈥向「黑」處尋求「光」的儒家精神，㈦靜而美好的騷動，㈧解構權威、顛覆中央的企圖。

　　生理與文化制約反應迥異於男性的女詩人如何透過情色觸媒，表現女性創造的生機、愛的熱情以及個人或集體心理，是本章嘗試論述之所在。略分成下列六個子題探討：㈠依違於男性律動間，㈡遐思空間與密語帷幕，㈢延宕的前戲，㈣身體器官象徵，㈤試探與偽裝，㈥肉體狂歡節。本章選擇的女詩人以戰後世代為限，包括鍾玲（1945－）、李元貞（1946－）、白雨（1949－）、馮青（1950－）、斯人（1951－）、阿翁（1952－）、利玉芳（1952－）、夏

---

❷　例如一九九五年五月台灣大學「女研社」在女生宿舍放映Ａ片，成為社會廣泛討論的「Ａ片事件」；十月中央大學英文系「性／別研究室」特別彙編出版了一本有關的新聞評論與報導。

宇（1956－）、邱俐華（1957－）、曾淑美（1962－）、林婷（1967－）、顏艾琳（1968－）、吳瑩（阿那，1969－）等。

二、依違於男性律動間

　　主張性本能是人類精神活動核心的佛洛伊德（Sigmund Freud, 1856－1939），除提出著名的伊底帕斯情結（戀母情結），針對女性的愛戀對象，又有所謂的依賴克特拉情結（Electra complex）。在佛洛伊德的理論中，兒童必須解決這些情結，才能發展出獨立人格。男孩擺脫伊底帕斯情結的動力來自於「閹割恐懼」❸，在建立超我的過程中完成了性別認同。至於女孩的發展卻與男孩大不相同，女孩先有「陽具欽羨」的情結（意識到自己沒有男孩那種生殖器），而後將對母親的愛戀轉到父親身上，因為沒有遭閹割的恐懼，因此無強力動機從依賴克特拉情結中掙脫而出，然而最終她們發現不可能真正擁有陽具如父親，又開始與母親認同。由於這一情結始終未能完全地解決，因此社會準則無法融入她們的個性中，超我無法發展成熟。女性之所以無獨立性，或源於此。曾受佛洛伊德影響的女性心理分析學者多伊奇（Helene Deutsch, 1884－1982）也指出，女性具有要求他人關照的不健康的自戀，以及等待、期望、服從、易受他人影響的被動性。（錢銘怡：24－32）

---

❸　閹割恐懼指男孩在愛戀母親的關係上，以父親為競爭對手，因此擔心父親的報復、傷害，特別是對他們生殖器的傷害。

這樣的女性心理，限制了情慾的自主發展，表現在曾淑美的〈哀愁〉裡，女性是「一個善良而受困的靈魂」，一具蒼白的等著對方主動來完成的裸體（24）。這種「先天性」限制，也含蓄隱晦地潛藏在白雨題名〈候〉的抒情小詩中：

> 漫漫冬雨已捲簾而去
> 陽光正彩繪殿堂的長窗
> 你的使女早就灑掃齋沐
> 只等你從斷崖的那一頭
> 越嶺攜著海浪歸來
> 你將一步一步地踩醒
> 這通往春天的彎彎小路（33）

很明顯，在詩裡，男性是主人，女性是使女，使女爲迎接主人的到來，早就灑掃齋沐妥當。冬雨已去，陽光照臨，那空著的「殿堂」充滿迎幸的期盼和喜悅。她等的是誰？照詩意可知，是從斷崖那頭踏浪而來的太陽（男性象徵）；她則是「通往春天的彎彎小路」，正等著男性一步步踩醒，男性才是通往春天的主體。如果以性的律動解讀，本詩中的女性尚停留在心理渴望的層面，具體的行動完全交給男性去實踐。

男性是性權力的主宰，由來已久，就像利玉芳〈遙控飛機〉中遙控著群眾情緒的那個人。模型飛機是他的道具，高高在上「耍弄糾纏和翻滾的演技」，「群眾的頸子抬起痠痛的天空／叫讚／它狂愛這樣熱烈的擁護和呼叫／彷彿聽著處女在初夜的嘶喊」（19）。處女的嘶喊是社會集體的假聲，是以男性爲主的律動——不論在政

治面或情慾面，大部分的現實的確如此。女性的眞實感受，在躁動的現場反而隱沒不彰。

如此看來，解構性權力機制畢竟不是容易的事，女性大多依違於男性，左右徘徊，不成熟的超我成爲她們自己的負擔；她們的書寫意識也是時而清醒時而又蒙昧。例如利玉芳詩中的男人就占用了「我」這一敘述觀點來發聲：

> 我的左手是你
> 我才握起筆桿
> 你就很靈犀地
> 遞給我稿紙
> 固定我的稿紙
> 幫助我移動稿紙
> 使我能夠暢通無阻地
> 寫著左手與右手之間
> 曾經發生過的愛（〈男人〉：45）

當代文學理論家經常以做愛的比喻描述閱讀及寫作行爲，德希達（Jacques Derrida, 1930－）就把筆喻爲陽具，把紙喻爲處女膜（格巴：59）。在這首詩中，利玉芳援用德希達的比喻，女人只是爲完成男性書寫而移動的稿紙，男人要求女人「靈犀地」配合，使他能「暢通無阻地」做愛。

三、遐思空間與密語帷幕

女性情慾在自主部分，著重氣氛、感覺，帶有神祕的成分。「對一個女人來說，性激動的增強不是始於觸摸，而是始於交談」（伯斯曼：157）。其情慾既在肉體，更在心理，既在乎一套祕密語言，更在乎一些只有情人才懂的眼神和手勢。這樣講究「半裸」的情態，與男性勇往直前、無遮攔的求歡訴求是不同的。簡言之，兩性的差異在：女性比較沒有性衝動（如男性），而傾向一種神祕體驗；不強調生殖器型愛情，沒有實體滿足也能接受。鍾玲的〈回首〉就畢現女性沉浸在情愛中的姿態：

> 我離去
>
> 牽著你的目光
>
> 離開你
>
> 踏上石階
>
> 升入喧嘩的大廳
>
> 滿廳人影穿梭
>
> 在水晶燈及琥珀酒裡
>
> 卻擋不住
>
> 你的目光
>
> 你的目光
>
> 浸過層層玻璃
>
> 水般地

灌注我（42—43）

那樣動情的目光眼神，越過人群，穿透層層阻隔，落在一人眼中，其熱力不減於耳鬢廝磨或肉體交纏。

　　林婷的〈祕密〉，則驅遣一隻貓在夜深的巷道穿梭、張望、遐想、諦聽，試圖揭開人類在黑夜裡的祕密。貓的情感其實就是人的情慾，在想像中建構，又在想像中完成：

> 想：
> 關了燈火的斗室
> 是什麼祕密被人類
> 細心收藏
> 「沒有什麼垃圾好翻了」
> 她慵慵懶懶
> 偎在牆角
> 　　細聽
> 房內傳來
> 　　　呻吟
> 　　　　　隱隱
> 纖柔　且急促
> 像爬坡的喘息

放下簾子的窗戶在黑暗中雖無光透出，仍然是情慾的通孔，窗簾也因此成為想像的慾望的帷幕。纖柔與急促形成張力，女性的情慾坡道上多的是這一類半遮的帷幕。詩篇結束時：

> 終於她站起
>
> 向無底的天空試音
>
> 「喵——」
>
> 一股辛辣的熱浪　自體內
>
> 翻騰而起
>
> 「喵嗚——」
>
> 尖銳的音波劃開了一道道禁閉的窗口
>
> 冬盡春初底夜裡
>
> 窗簾之後的祕密像一條路
>
> 悄悄流落著她無聲的腳步（1994a：113）

像這樣假借、「無我」、迂迴、不直接的表現手法，正是女詩人面對性描寫，異於男詩人的一種特質。邱俐華〈天王星〉一詩，更將情慾場推遠至茫茫太空，而她本人則化身為「旅行家二號」太空船，想像將與躺臥著熱情光環的天王星進行神祕初夜的相歡，精神面向也十分詭祕：

> 地球不能實踐的夢
>
> 在肉眼不見的距離之外
>
> 不可思議的呈現
>
> 我看見你天王的姿態
>
> 裸露的照片
>
> 非色情（9）

「地球不能實踐的夢」，是「外遇」的密語吧！地球只能在固定的

軌道運行，無法像旅行家二號可以變換運行軌道、改變與其他星球的距離。最後一句「非色情」，莫非在爲「外遇」之實作遮掩、辯護？

　　寫作情詩「上下求索，生死以之」的斯人，一九九五年推出七十六首合集的《薔薇花事》。像一位永遠的待嫁新娘、一位壓抑的完美主義者。她吐露著自己的故事、心情與思念；時而如激昂的戲劇獨白，時而又像靜夜的喃喃自語，其對象似有若無，事件似清晰卻模糊；似禁欲偏又在情愛中掙扎得極苦，似無形體可託付但字行意象間又充滿不滅的形體。表達雪線以上的熾熱、苦情的戰慄，少有人像斯人這麼袒裎赤裸，形成極其纏綿的女性描寫。斯人的〈病中〉詩，是她將退思伸進人間煙火之境的唯一的一首，那隻從這窗飛到那窗、把她招到露台上看美麗人生的鴿子，應是詩人無意中自內心逸出的信息：

> 一到了夜間，當我躺下來
> 夢想著外面的燈火輝煌
> 明滅地組成了人間星座
> 牠們諒必也已歇下
> 在開滿了九重葛的屋棚間
> 生兒育女，終成眷屬

對一位「聖女」而言，生兒育女已是人間最重的情慾了。詩人接著說：

> 既然這一切與我無份

就讓小鴿子嗷嗷待哺，慢慢長大

在漸深的陰影裡發出愛睏的呼叫

把我得不到的幸福給世人

及一切眾生吧，神啊（177－178）

緊隨生兒育女的期待之後，出現堅忍的「自我制裁」：「這一切與我無份。」追求幸福之不可得，轉而祈求將此幸福度給世人，在愛欲與絕欲間形成極大的衝突，其間形成的撕扯空間，可以說明女性性格之成因。

四、延宕的前戲

有「人本心理學之父」稱號的美國心理學家馬斯洛（A. H. Malsow, 1908－1970）分析愛情的傾向是：「愛者總想與被愛者更加接近，關係更加密切，總想觸摸他、擁抱他，總是思念著他。」（213）「這種想親近的願望不僅是肉體上的，而且還是心理上的。」（214）上一節也提到，肉體上的慾望，男性較強烈；而心理慾望卻往往以女性為主。根據醫學研究報告❹，兩性性行為在動情階段，女性特別需要撫摸、擁抱、言語示愛等前戲動作。

有人說陰莖高潮與傳宗接代的進化工程有關，陰核快感則比較

---

❹ 例如五十年代中期開始，馬斯特斯（William Mosters）醫生和心理學家約翰遜（Virginia Johnson）所主持的性行為研究，以及金賽（Alfrea Kinsey）教授關於男女性行為的調查報告。

像音樂、藝術、文化，是屬於人間戲劇的領域（馬基利斯：75）。在這個屬於人間戲劇的領域，氣味、聲音及形體之觸感，都實爲一種與性有關的前戲。女詩人在這方面的描寫，可舉鍾玲的〈激灩〉、斯人的〈鳴禽〉、邱俐華的〈花顫〉及〈垂雲〉爲代表：

> 你的氣息
> 灌入
> 我盛開的
> 聽覺
> 風在呼嘯啊
>
> 風的呼嘯
> 引動
> 我細銳的歌吟
> 鑽入
> 水底的岩穴
> 浪捲起拍岸（鍾玲：63-64）
>
> 誰能抗拒遠方的回聲
> 聽哪，藏於我們心中的鳴禽
> 不再急於歌唱靈魂至美的存在
> 卻一再延頸，俯而剔啄
> （彷彿只有羽毛爲它贏得激賞吧）
> 啊，不要以爲誰在求愛
> 我們不像花朵那樣

輕易委身於果實之中

我們延宕，但不停止

朝著天空零星叫喚（斯人：61）

花冠貯滿了感覺

季節煨紅的顏色

輕節奏地深入芯蕊

極活潑的靜的節奏

思想的精靈群朝聖地舞蹈（邱俐華1988：114）

先是飽滿的垂雲逗著湖面

湖是兩列楓紅排開後一道水花抖晃

岸邊渚紅泥軟陷

整片天空低低壓俯過來

風景湧動的前戲

攔在風的髮梢

耳語花俏（邱俐華1987：124）

　　鍾玲的〈瀲灩〉明顯地是指耳語加上急促呼吸喘息引動的挑逗之情，氣息之來極為強盛，因此詩人用了「灌入」兩字；特別強調聽覺盛開，相對的情態很可能暗示視覺是暫時關閉的。詩人所用之前戲描述雖簡，但刻痕甚深，「灌入」、「盛開」、「呼嘯」都是力道極重的字詞，為從幽邃深處像電波一樣一縷縷傳來的「細銳的歌吟」做了最佳前導。

　　斯人的〈鳴禽〉，共十六行，惋嘆錯失了最愛，以一種動人的

聲調表出。這裡引的是前十行，當一女子不再只是歌詠靈魂所在，而汲汲整飭外表，像鳴禽一樣地搔首弄姿（一再延頸，俯而剔啄），你若以為那是性急求愛，錯了，女詩人說「我們不像花朵那樣，輕易委身於果實之中」，不讓花朵萎謝於結果這一事實。女性不輕易完成的生理狀況影響了女性的心理意識，不像男人是為性而性的慾望，女人的性愛好常帶著感情聯繫性：「我們延宕，但不停止」，這不是女性矜持，而是追求性心理滿足，是一種「朝著天空零星叫喚」的前戲行為。

　　邱俐華在〈花顫〉中以「花冠」、「花蕊」作為女性器官的譬喻。「思想的精靈群朝聖地舞蹈」，固然是精卵結合的描寫，但未嘗不是將它提升到想像、藝術的層次，以「朝聖」、「舞蹈」等文化領域的活動，強調心思、感覺。另一首〈垂雲〉，男性的意象如「垂雲」、「天空」，女性的意象如「湖面」、「兩列楓紅」、「岸邊褚紅泥」；詩中，不但有特定性點的觸撫（前三行），更有「全身的壓蓋」──歡迎男性整個身體壓住她身體的各個部分。兩性生理差異顯示，女性的皮膚遍布神經網比男性更為敏感；女性全身皮膚都是性感覺區（性覺器官），是風的髮梢與口中吐露的氣息撩撥的最佳場域。

五、身體器官象徵

　　身體的解放是女性主義者解放的重要一環，因「身體是高度政治化的物體」（尼德：16），它與追求自由密切相關；情慾是構成個

人自由的重要元素,而情慾表現在自己的身體上。換言之,身體是自控的,社會規範是他控的;情慾的解放是從他控到自控的一個重建過程,因此也就成了女性主義者的重要課題。法國女性主義者西蘇(Hélène Cixous, 1937-)主張把女性身體當作寫作場所,「婦女必須通過她們的身體來寫作,她們必須創造無法攻破的語言,這語言將摧毀隔閡、等級、花言巧語和清規戒律。」(201)如果說情慾解放先從了解自己的身體開始,夏宇的〈野獸派〉即可視為情慾解放之作。這首詩對乳房做了深情凝視,將乳房比擬為兩隻動物:

> 廿歲的乳房像兩隻動物在長久的睡眠
> 之後醒來　露出粉色的鼻頭
> 試探著　打呵欠　找東西吃　仍舊
> 要繼續長大繼續
> 長大　長
> 大(1991:29)

巴赫金(Mikhail Bakhtin, 1895-1975)在討論身體時說,誇張的身體描述往往可以使身體和世界的界線消失,身體可以被比擬為各種意象,展現出一種審美性(1984:310-318)。夏宇詩中這兩隻動物的醒來與長大,都代表女性自我意識在長久睡眠後的覺醒,「試探」、「找東西吃」、「仍要繼續長大」,顯示了女性對主體性的追尋。在從前「端淑典婉」的女詩人筆下,輕易不敢「露出粉色的鼻頭」,夏宇率先走出禁忌,創造出身體的新意象。在一向屬於凹陷的女性身體特徵中,她突出乳房這一對向外凸出的器官,隱

隱有拿它與男人性慾的箭——陽具，相抗衡的意味。即使不能積極
壓制男人，至少也要消極抵抗男性。夏宇寫於一九八一年的〈銅〉，
更進一步主張在生理上不受制於男人：

> 晚一點是薄荷
> 再晚一點就是黃昏了
> 在洞穴的深處埋藏一片銅
> 為了抵抗
> 一些什麼
> 　　日漸敗壞的（1986：48）

「洞穴」指陰道，「銅」是女用避孕器，什麼是「日漸敗壞的」？
例如有關兩性之規範，無恥強暴之事。薄荷的清涼、黃昏的迷離，
在夏宇眼中不是抒情對象，天候向晚，她提醒女性要為自己的身體
安排退路。有了「銅」，至少在生理上有較大的自主能力。

　　心理分析學上的陽具象徵，頗富於變化，它可以化為高塔、炸
彈、火箭、槍砲、柱子、雪茄、水管、骨頭、太陽等都是（馬基利
斯：183-185）。作為一個象徵符號，它當然也可以被詩人創造成其
他的東西。如同第一節所引利玉芳的〈男人〉，它在夏宇的〈詠物〉
中同樣是「一隻不錯的筆」（1991：15），在年輕的身體上寫字
（注意：詩人用的是生物性的「隻」字而不用無生物性的「枝」字）。在馮
青的〈懸崖〉詩中，則變成一部「黑色的轎車」，衝入暴烈的雨中
（1989：139）；在馮青的〈大鐵橋在霧裡〉，是一輛喀隆喀隆的
火車，相對於穿橋而過的火車，潮濕的冬日閃著光的大鐵橋就是女
性了（1983：124－125）。河灣、河口、港口、海岸、牆、城垣、

空房、櫃子、容器，在詩的象徵世界裡，也可能是陰道或子宮的化身，李元貞的〈徬徨〉即用這種象徵表現身體激情之慾：

> 面對你
> 我的港口漲潮
> 洶湧地要把觀音淹沒（220）

馮青的〈河灣〉藉身體器官象徵寫出宿命的哀涼：

> 下一世，我們還有美麗的地方去相遇嗎？
> 我將在河灣等你
> 撐著我老態龍鍾的傘
> 沒有淚及豪情
> 只有大洪水過後的心境
> 我是乾擱的容器（1989：112）

這河灣還有一些互相襯映的意象，在同一首詩中如：「瓦罐」、「輝煌過的峽谷」、「一個多疑且流血的河口」。同時，我們察覺到馮青擅長使用的黑色意象：詩中的「她」是一把老態龍鍾的傘，「他」則是一句黑顏色的哀愁之鐘。六十年代末出生的顏艾琳，逕以女性身體器官、生理狀況入詩，跨越藉物比喻的階段，從本質正視女性的子宮、經潮：

> 日子剛過去，
> 經血沖洗過的子宮
> 現在很虛無地鬧著飢餓；

沒有守寡的卵子

也沒有來訪的精子。

只剩一個

吊在腹腔下方的空巢，

無父無母、

無子無孫。（〈潮〉，1995：65）

美國當代歷史人類學家哈婷（Mary Esther Harding）在《月亮神話——女性的神話》（*Woman's Mysteries, Ancient and Modern*）論及月亮膜拜時說，女性與月亮有某種神祕的紐帶關係，月經與月亮的周期相對應（58）。顏艾琳的詩題名「潮」，恰有月經與月亮圓缺周期之雙關意義。字行間沒有兩性權力的爭奪，也看不出什麼性意識機制，只有真實的身體，透露出女性月復一月的「月亮病」——四無傍依的空巢情緒。

　　然而，這般冷靜的語調畢竟少見，其實女詩人描寫情色體驗、構築情色認知時，仍不免帶著一絲焦慮不安。在書寫瞬間，那筆（或按鍵的手）似乎是她的陽具，但又不真是，似乎是對「閹割」的補償，其實又十分地無助。利玉芳的〈給我醉醉的夜〉，依稀有這方面的映現：

你一定不能接受

不能接受我突然處女起來的

牆

坐落在你的面前

　　果真這樣矜持

　　想來今夜將被我弄得無趣

　　使你沒有獲得一夜的愛

　　我也沒有獲得一夜的情（36）

女性小心翼翼的焦慮，對於矜持的無奈與自責，十分明顯。這是較常為人忽略的一點。

六、試探與偽裝

　　馬基利斯（Lynn Margulis）在《性的歷史》（*Mystery Dance*）指出「人類女性發春期的消失以及大乳房的隆起，都是在原始時代她們進行性騙術而進化得來」（59）。發春期的消失，是讓那些嚴密看管她們的男性無法準確抓住她們的排卵期，因此也就無法限制她們的性愛活動；大乳房則是一種假性發春，讓男性誤以為她們還能懷孕，因而保護她們並供應食物。據說在生殖社會中女性不得不採取這種進化偽裝，「它騙倒了一心想去與她們進行傳宗接代的男性……在猿類演變為人類的過程中，女性變得更能控制自己的身體，以身體偽裝來對抗男性的體力優勢。」（18）

　　我認為，這說法的重點不在女性生理特徵，而是指出長期的社會性制約改變了女性的生理與心理。今日社會有不少可以類比的情境，女性裝出害羞、膽小、冷漠的樣子，漠然的外表包藏的卻很可能是一塊易燃的柴，女詩人描寫這種身心變化，如顏艾琳〈隱隱

燃〉：「冷。漠。／沒有人知道我的膽小／是因為過多的熱情／尚
未點燃；／我等待那唯一的冒險」（1992b：43）。「隱隱燃」，
多麼外弛內張的一種情感偽裝。所謂的「等待」，更確切地說是試
探、是誘引，是女性主動的選擇和追求。顏艾琳在另一首詩中，以
黑暗溫泉比擬女性的性器，宣稱男性「即使再深的疲倦／都將在黑
暗溫泉裡，／洗褪。」詩的第二節描寫的正是誘引的方法：

> 我將空氣搓揉——
> 成秋天森林的乾爽氣味，
> 適合助燃
> 我們燃點很低的肉體。（1994b：4）

　　阿那❺發表於《更生日報・四方文學》的〈罪〉（1995年9月24
日）：

> 一塊漂流的肉體，我遠遠
> 攀附它，從一個男人
> 到下一個
> 遠遠看它被鞭打
> 看它像鋸齒
> 狠狠咬合
> 生鏽的釘，太多記憶
> 我轉身
> 我故意忘記

---

❺　阿那是吳瑩的另一筆名。

將女性的靈、肉二元分立，讓靈魂注視著肉體漂流，從一個男人到下一個，看肉體被男人「鞭打」，肉體「狠狠咬合」男人；肉體成了偽裝的道具，靈魂採取的策略是「故意忘記」。而對身體這般的無所謂，其中正暗藏了靈魂覺醒的契機。男人的性器官被比喻作「生鏽的釘」，也顯示作者以腐朽、潰爛蔑視男性的堅挺。這裡面的性愛成分，不是有機和諧的，而是兩性對立的、森冷的，拿著手術刀切割的。

　　手持手術刀，獨立的女性分析自己，也分析男性。李元貞筆下出現以陽具控制世界的男人：

　　　其實
　　　他們吹著
　　　一種號管
　　　軍營的
　　　使他們
　　　真正長大
　　　以便
　　　延長鼻子
　　　控制世界（228）

顏艾琳筆下的女人，擔心貞操：

　　　什麼東西折舊率最高？
　　　貞操與火柴。（1992a：24）

顏艾琳的〈愛情晚宴〉，更深入表現女男交手到互相算計的地步，

像一齣黑色喜劇，男的在猜錢包裡的錢夠不夠買下她，女的則努力
調配不同比例的「女性特質」，作為武器：

> 當他好不容易邀請她來入餐，
> 並掂了掂口袋中裝滿的誠意，
> 總算可以放心問她：「幾分熟的？」
>
> 「四分熟即可。」？！
>
> 原來她喜歡有點野蠻的味道
> 並嗜帶血的主餐⋯⋯！
> 整晚，他開始計畫如何把自己的激情拿去放利息，
> 並打算將保存已久的誠意，寄託於某銀行的保險箱裡⋯⋯
>
> （1994a：4－5）

這首詩非常有劇情，而且有語言的曖昧性。男的問幾分熟，既是問
牛排幾分熟，又是問兩人相交到幾分熟（才可上床）？男人問這話的
前提，先掂掂口袋斤兩，十足顯示男人是經濟動物；當他一旦發覺
「四分熟即可」，他馬上想把多餘的錢移作他用，也不想付出全部
的「誠意」──逢場做戲的心理立刻跳出。回頭再看女性所答：
「四分熟即可。」何嘗不是一句為揭開底牌而測試、挑逗男性的
話。

七、肉體狂歡節

　　由於性的社會面、心理面、實踐面，不斷被提出討論，人們對性有了進一步的了解和重新思考，在性愛領域內，世襲牢固的兩性成見漸形消除，女性開始勇於感受且能進一步表白。想應於女性在現實社會對性自由的追求，台灣戰後世代女詩人在近十幾年也創造出一種肉體享樂的言說，且有愈趨豐富多元之勢，一如傅柯（Michel Foucault, 1926－1984）所謂「對真實的肉體享樂感興趣、了解它、介紹它、發現它，一心要看到它、講述它、抓住它並用它去迷住其他人。」（63）借用巴赫汀的話說，女詩人正展開「狂歡節的語言革命」（劉康：292），歡樂笑謔，不少是充滿幽默感的，超越了「正統」的文學標準和規範，而有一種新的看待世界、看待人與人關係的角度。底下讓我們看看鍾玲、李元貞、阿翁、林婷、夏宇、顏艾琳，如何使性成為意義的核心，刺激它、表現它，呈現其真相。至此，性不再是半裸的器官、姿態，而呈全開的、清晰反射出生之動力的情慾之光。著例如下：

> 你潛伏的猜疑
> 我綻開的隱痛
> 行雷的閃光
> 電線裂口的火焰
> 激射而出
> 捲我入你的風暴圈
> 旋你入我的颱風眼

在憤怒的呼嘯中
我們觸及彼此的核心
透視雲封的自己（鍾玲：58）

上述這首題名〈七夕的風暴〉，是一首床笫描述，前二行，寫性的
動作介乎具體與抽象間的思維，帶有人生複雜情味，是頗見詩藝的
表現。雷電、風暴、颱風、激射、呼嘯，皆表其狂放之態。

龍從雲中來
雨和雪齊下
叢林燃燒
飛禽走獸傾逃
大母開懷
雙乳噴泉（李元貞：94）

這是李元貞〈給L0十首〉的第三首，成於一九七六年，手法質樸，
卻有一股狂喜亢奮的生命力。「大母開懷／雙乳噴泉」，句法媲美
於北朝樂府「老女不嫁，蹋地喚天」，必得對自己的言行十分自主
自信，才敢有此歡愉的「宣示」。十八年後，顏艾琳再將同樣的
「性論述」投射進大自然的和諧意象中。〈淫時之月〉一詩，如同
第五節所引的〈潮〉，為月亮與女性的神話作極其現代的詮釋；詩
人描寫月照是吸了太陽的精氣，說下弦如唇勾，這一彎月不是靜止
的而是採取主動的：

微笑地，
舔著雲朵

　　舔著勃起的高樓
　　舔著矗立的山勢；

　　以她挑逗的唇勾
　　撩起所有陽物的鄉愁。（顏艾琳1995：67）

之所以被指爲淫時之月，在它的「舔」、「舔」、「舔」、「挑
逗」和「撩」這一連串熟練而若無其事的動作。「雲朵」、「高
樓」、「山勢」、「鄉愁」這些無性的詞語，相應於唇勾的挑逗，
都有了男性的指涉。

　　林婷的古意新寫〈上邪注〉，以海天一線爲男女之情作注，以
「天地合」爲圓滿：

　　我們嵌進線裡，
　　緊接著，我們消失，天地
　　亦無縫。回到渾沌：（1994b：19）

同樣的交合衝動，阿翁以代表宿命沉淪的蛇來象徵：

　　爽滑的肉體
　　你帶著光澤
　　在清晨閃一閃又將我嵌進來
　　無間的
　　接觸
　　說修了幾千幾萬年的福
　　才一吋一吋地

　　　　縮短著你與我的差距（42）

關於性高潮，阿翁以海波的洶湧、雲山的攀越、極大的顫抖、痛或
欣喜形容之：

　　　　猶如海的一波復一波
　　　　我呼吸而無邊
　　　　向內迫視
　　　　漸向內攀著高躍的雲山
　　　　迫視這每一起伏的
　　　　或是痛或是極大的顫抖
　　　　擁抱來的欣喜（〈洶湧〉：26）

上述詩中的意象雖未必稱新穎，但眾聲喧嘩，自然、準確，卻無可
疑。看來女性情慾的「寧靜革命」早已展開，緩而有功，非一日之
翻轉。據已出版之詩集看，最佳肉體享樂言說之美名，論當代台灣
女詩人，仍要落在夏宇頭上。一九八五年她寫的〈重金屬〉，出諸
女性的想像，既挪揄了男性的生物傾向及性器官，進一步又表彰了
女性的柔軟空洞，受男性愉悅而呈現出歡喜：

　　　　不，她們並不常討論他們
　　　　僅以某種柔軟空洞自喜
　　　　當牠們在她們隱密的地方
　　　　見證一種鋼的脆弱
　　　　而又愉悅了她們
　　　　她們想像他們帶著牠們行走（1991：61）

夏宇用「牠們」代稱陽具，用「鋼的脆弱」調侃之，自得自喜，目
的在反男性中心。另一首〈某些雙人舞〉寫於一九八七年，前五行
「香冷金猊／被翻紅浪／起來慵自梳頭／任寶奩塵滿／日上簾鉤」，
直接引用李清照的〈鳳凰台上憶吹簫〉，香閨人懶，預伏了頹廢的
悲愁與胭脂粉氣。接著，批的正是古代性文化規範，夏宇故意用
「恰恰」的舞步顛覆那一張禮教的床榻，顛覆女子守貞的束縛：

> 當她這樣彈著鋼琴的時候恰恰恰
> 他已經到了遠方的城市了恰恰
> 那個籠罩在霧裡的港灣恰恰恰
> 是如此意外地
> 見證了德性的極限恰恰
> 承諾和誓言如花瓶破裂
> 的那一天恰恰恰
> 目光斜斜
> 在黃昏的窗口
> 遊蕩的心彼此窺探恰恰
> 他在上面冷淡的擺動恰恰恰
> 以延長所謂「時間」恰恰
> 我的震盪教徒
> 她甜蜜地說她喜歡這個遊戲恰恰恰
> 她喜歡極了恰恰（1991：16）

當男人到達遠方的城市，毀了承諾與誓言，女人也在黃昏的窗口勾
搭上另一個他，做愛，擺動，延長交合時間，進行一場甜蜜的遊

戲。「恰恰」及「恰恰恰」突出這首詩的神韻，不論作肉體擺動的節拍看或當作言談的調戲語詞，它都發揮了以小搏大、以輕擊重的效用。

八、結　語

以上從六方面分析戰後世代女詩人作品的情慾表現，多樣、分歧，甚至南轅北轍，是不爭的事實。最大的收穫在從女性書寫發掘出一般人不易察知的女性心理。也許部分詩篇嫌「過度解釋」，但詩原本就充滿想像空間，不如此解釋，又當如何？實例之多，說明了女詩人在情色文學方面的勤耕不遜於男詩人。「戲耍」、「玩笑」的嘉年華（carnivalesque）風格，也已初露端倪。唯一可惜的是，女詩人在這個議題上，未曾為爭取女性空間而發出強烈的女性聲音，「性」在她們筆下仍屬私領域，可以歌詠、可以抒情、可以調侃，但就是沒有推向公領域，未拿它去攻擊主婦枷鎖、色情行業，也不談試管受孕、女性就業……等與女性家庭地位、陳年法規有關的問題。在現代社會，不少女性趨之若鶩地以真空吸引、整型、打針、吃藥，雕塑身體曲線，將身體器官做性的美化，以取悅男人，女詩人們對此是否關切，也無從得悉。

如何從更新的文化建構觀點，去表現已表現了幾千年的情慾，不僅是我這位試圖作「女性解讀」的人所關切，也是女詩人大可思考、並在創作上發揮的空間。

第四章　變聲的焦慮

——台灣戰後世代女詩人的兩性觀

一、與歐美遙相呼應的台灣女權運動

　　在台灣，第一波婦女運動指一九七一年起由呂秀蓮（1944－）所帶動的拓荒時代；第二波爲一九八二年起由李元貞（1946－）領導展開的新知時期（顧燕翎：109-122）。

　　女性的覺醒，除肇因於教育普及、就業率高所蘊蓄的改造動力，婦女研究室在大學中開設（1985年顧燕翎設於台大）、婦女新知基金會成立（1987年李元貞首任董事長）、《女性人》創刊（1989年陳幼石、李昂合辦），以及一九八九年清大社人所舉行的性別角色與社會發展學術研討會、一九九二年中國青年寫作協會主辦的當代台灣女性文學研討會、一九九三年劉毓秀等人籌組的女性學學會，都提供了理論基礎和催化能量。女性主義的勃興，全面衝擊到社會對女性概念的認知。

　　透過媒體的介紹，和各種婦女讀書會的推廣，西蒙・波娃（Simone de Beauvoir, 1908-1986）的《第二性》、瓊・瑞妮絲（June M. Reinisch, 1913－）的《新金賽性學報告》、海倫・費

雪（Helen E. Fisher）的《愛慾——婚姻、外遇與離婚的自然史》、潔玫・葛瑞爾（Germaine Greer, 1939－）的《女太監》（*The Female Eunuch*）、貝蒂・弗里丹（Betty Friedan, 1921－）的《女性的奧祕》相繼中譯成大眾讀物，爲婦女打開久掩的心窗，指引她們從傳統封閉的兩性體制中走出來。這一股風潮頗有燎原之勢，在各大學任教、堅持絕對女性觀點的李元貞、劉毓秀、何春蕤、張小虹、胡錦媛……成爲九十年代中期台灣媒體發言要角——女性的代言人；傳統女性的特質、心理、形象、生活角色和地位，面臨被顛覆、改寫的情勢。

二、女性的奧祕：傳統的女性標籤

《女性的奧祕》（*The Feminine Mystique*），又譯《女性的迷思》，是美國當代著名女權運動家貝蒂・弗里丹對五十年代美國婦女在「返回家庭」的巨大浪潮中，陷身空虛而深受無名問題困擾的理解與探討。她花了長時間進行廣泛調查，發覺女人的生活現實與社會強加始她們的形象，有著巨大差異，她將這種內心苦悶、無從解脫，而外表卻被認定是「幸福的家庭主婦」的形象稱爲女性的奧祕——這是一個標籤化的形象，就如同中國父權體系所建構的女性，總是溫柔、弱小、賢慧、奉獻於家庭、依賴、包容、會服侍人。楊美惠（1939－）在《女性・女性主義・性革命》一書介紹歐美女性主義的思想源流時，特別強調《女性的奧祕》曾引起美國知識婦女普遍的反省、思考，西蒙・波娃的《第二性》便是在那一波

婦女自省運動中獲得了重視；而一九七〇年以後在美國建立的「男女兩性角色分析」理論，也以此書爲基礎（18－20）。

五十年代的美國有「60％的大學女生中途輟學去結婚」，「把生孩子當成了自己的事業」，「廚房再次成爲婦女生活的中心」（弗里丹：3－4）。女性唯一的夢想是當賢妻良母，唯一的奮鬥是保住夫妻關係。然而，在男人爲主的世界裡，她們並沒有獲得女性眞正的滿足，沒有自我，甚至有一種奇怪的絕望感。

不論女性本人自覺或不自覺，也不論是從那一個角度去看，社會的確存在著兩性的悲劇衝突。四十年代由西蒙・波娃所寫的《第二性》即明白指出：「女人從孩童期就被拘束於有限的空間裡，命定屬於男人，習慣於把他當作無法與之抗衡的主人，假如女人夢想成爲一個有用的人，她的辦法是超越自己去尋找一位優秀份子，去與男人結合。」（1992b：35）

關於女性的曲從、等待、無助，西蒙・波娃另立專章分析：「女人動不動就哭的本領，主要由於一個事實，即她的生活是建築在『因無能爲力而反抗』的基礎上」；「由於她被禁閉在『內圍』與『無常』的囚牢裡，她的生命意義永遠操握在他人手中。她等待人家來致敬，等待男人的贊同；她等待愛情，等待丈夫或情人的感激和讚美。她等待男人來供養她……」（1992a：237－240）

像這樣的處境和性格，女性主義者堅持是男性所塑造，既非女性生理條件所致，當然不是天經地義的現象，而是社會文化與價值判斷所扭曲、強迫應驗。西方世界如此，中國的封建體制更是一大溫床。試看〈焦仲卿妻〉中的新婦，從小學織素，學裁衣，學彈空篌（取悅男人）；十七歲做了府吏的妻子，獨守空房，相見日稀，雞

一啼就開始忙織布，到深夜不敢休息，然而終於還是遭到婆婆冷眼，趕回娘家。臨別，眼淚撲簌簌落，猶叮嚀小姑要孝敬大人（惡婆婆）。等回到哥哥家裡，又被逼婚，因「寄人籬下」而同樣做不得主、任人擺布。在這裡，婆婆和哥哥協力扮演了「男性社會」壓迫「弱女子」的角色。而一個只知自責自悲、始終卑屈禮敬的女人，卻是中國舊社會婦德、婦命所發揚的典型。

今天，在台灣，情況雖早已改變，但主要的改變似還停留在社會亮處所從事的婦女運動。一九九五年〈民法親屬編〉有關歧視婦女的條文，進入全面修法程序，女性團體改革的聲浪外表看固然聲勢驚人，但一般人的慣性心理究竟革除了沒？對千千萬萬個不同教育背景、不同出身、經濟能力不同的居家女性，實質上能有多少解放作用？並無明確數據資料證明。

為了瞭解台灣戰後世代（概指1945年至1969年出生）女詩人對兩性的看法，本章擬從她們的詩作，尋索關於女性的「正聲」與「變聲」。

三、女性的十字架：等待與獻身

台灣戰後世代女詩人，較年長的以一九四五年生的鍾玲及尹玲這二玲為代表。鍾玲以古典美人詩獨步，尹玲則以戰火紋身詩著稱。題材不同、關心不同與二人的身心遭逢、學習背景有關。鍾玲中學時常背誦唐詩、宋詞，留美期間曾英譯宋詩；她所寫的美人詩有〈蘇小小〉、〈李清照〉、〈西施〉、〈花蕊夫人〉、〈王昭君〉、

〈唐琬〉、〈綠珠〉、〈卓文君〉等，金簪玉環，柔情繾綣，雖然也探索女性情愛心理，但大多以浮現歷史身影，側寫古代女子的命運，不脫男性霸權主宰之悲凄情調。在〈西施〉一詩的後記，鍾玲寫道：「我試由另一個角度來寫西施。她與吳王相處多年，吳王也是雄霸一方的男子漢，唯獨鍾情於西施，西施對他能不生情嗎？她再精於媚術，再忠心於越國，也是個女人。」（91）「也是個女人」一語，說明八十年代前期的鍾玲對「英雄愛美人、美人慕英雄」的傳統詮釋，大致尚沒有異議。時間換作現代，女性對愛情的追求也依舊是無怨無悔：

> 雖然我
>
> 禁錮於
>
> 你的臂膀
>
> 卻捕捉不住你
>
> 過境的風（〈過境的風〉，鍾玲：61）

以男性為中心，甘為俘虜的意象，彷彿南朝樂府〈襄陽樂〉「女蘿自微薄，寄託長松表」的新唱。而一旦情愛變色，當身旁的男人被另一雙眼睛勾引而去，女性只能對命運發出低調的怨嘆：

> 我是受風擺佈的紙鳶
>
> 無窮的透明和不定牽扯我
>
> 那麼脆弱的細線啊（〈透明和不定〉，鍾玲：55）

越南僑生出身、受戰火影響而家破人亡的尹玲，極少私情之作。一九八八年她寫的〈等〉，是女性獨守空閨的另一演繹：

> 你在樹下
> 等黃了秋風
> 等乾了眼尾的魚
> 欲待接捧在掌心
> 那片葉子
> 卻仍在將落未落之間（167）

空房換景爲樹下，滿目枯黃的秋景正是人的心境投影。詩人所作戲劇性內心獨白，固然看出生命的刻痕，但只是一己心情，還不到與社會現實對話的地步，葉子要何時落，由不得那女子。換言之，女性的「等待」被認命地接受，在某些關乎兩性的作品中並未形成欲加抵抗的「困境」。彷彿是女性本有的「正聲」，四十年代以至於六十年代出生者，在描寫這情景時，都同樣癡心而沒有意見。輕易可以找到的詩例有：

> 繽紛的花事如夢
> 我日日在江邊梳頭
> 春水把我的容貌
> 也複印給了你
> 而秋來的歲月
> 應是一種等待（〈歲暮一則〉，翔翎：199）

> 我的郵箱是青鳥不過訪
> 寂寞的驛站
> 醒立爲了千里尺素

雲外的一束溫柔（〈無題之二〉，曾淑美：66）

魚群還在優游
鱗片折射迷人的光
而我的手指已漸次石化
在光陰的河邊因等待而老去（〈垂釣〉，黃靖雅：77）

在攬我入你流金的歲月之前
我以海的遼闊
等你（〈海〉，葉紅：46）

在消失他的那個地方，我坐下
像過去那樣，我開始呼喚他
在寂靜，
酸一般淹沒的寂靜裡，等待著
他或許會忽然出現，
像過去那樣（〈在消失他的那個地方……〉，吳瑩：69）

　　不論她們因何起興，也不論她們經營的意象多麼清麗、富創意，可以確知的是，這些詩的重點不在挖掘愛情社會學，而在凝睇身邊人的心思眼神，僅止於此。

　　沒有任何一種文類比詩更能直探人潛在意識的幽隱，匯合眾多潛意識以逆溯方式探索社會的大氛圍，不難發覺台灣的兩性關係還在男外女內、男動女靜、男強女弱的權力組合裡。即以從事開喜烏龍茶創意廣告的曾淑美（1962－）為例，她是經常被列名後現代風潮中的一位青年詩人，然而在《墜入花叢的女子》，我們看她處理

起女人的愛戀，一樣眼淚滂沱：「喜歡把想念／種植成一千行詩句／我流淚灌溉的花朵」（36）「在最寒冷的惡夜醒來，發現／自己仍滯留原地，哭泣」（42）「流淚向你奔去／不惜江水自眼中涸竭」（45）「悲哀裸裎而出／我將悱惻哭泣」（50）「我流著身後的眼淚／親吻你背後的影子」（54）。

眼淚是哀傷的宣洩，中國文學中一個永恆的意象，《詩經・王風・中谷有蓷》：「有女仳離，啜其泣矣。」南朝樂府〈華山畿〉：「淚落枕將浮，身沉被流去。」唐李商隱詩：「滄海月明珠有淚，藍田日暖玉生煙。」不分時代，詩人總愛用淚形塑女性楚楚可憐的情態。如露墜落，如花飄零，淚幾乎成了女子的定影液。就這一點而言，曾淑美的抒情媒介無異於傳統。

女性除了流淚，還有一種「獻身」的說法。未曾聽說男人向女人獻身的，而都說女人獻身於某某人。「獻身」是一個含有性意義的名詞，由男性語義標準所形成，說明被獻的一方爲主體，奉獻的一方是客體；它同時也有宗教的意義，附著虔誠、敬畏、聖潔、犧牲自己的喻指。台灣戰後世代女詩人尚未解構這一語詞代表的男性中心文化，甚至是認同這一「象徵秩序」。例如利玉芳（1952－）在《貓》中有一首描寫古蹟修護的詩，就借男性對女體的撫摸來形容，反覆表露受「臨幸」的驚喜之情：

> 驚喜你那疏離我
> 　　　遺忘我的
> 手
> 在我瘦了的乳房

索求

流連少婦初給時的豐滿

甚且

把歲月殘留的情

拿來裝飾我的肚皮上斑剝的孕紋

手啊

　　　整修我的

驚喜你那纏綣的愛 (33)

葉紅（1953－）在《藏明之歌》中有一首描寫交歡前奏的〈喝采〉，以強光照臉、步上舞台，羅衫褪盡、鼓樂疾響爲意象：

爲無數個看不見的你

置身強光迎面的黑暗

一雙雙透亮的眼

滑溜地抹盡最後一絲羞赧

爲一種刻骨銘心

我　將赤裸捧上

你鼓響了的舞台

聽小鼓藏在耳蝸暗處

靜待轟然被擊的

驟響 (75)

那舞台就是枕席，是男性構築的樂園；那藏在耳蝸暗處的小鼓聲是脈搏、是小鹿亂撞的心跳。這種獻身的儀式，到洪淑苓（1964－）

筆下，換作西湖借傘的情節，形成「拓印」情結：

> 我的未及裱背的青空
>
> 　無人款題
>
> 而你是誤拓的形跡麼
>
> 也許，雨很深很深，
>
> 緣，很淺很淺（24）

　　曾淑美的〈婚歌〉，對和合充滿歡快的頌揚，但不同於法國女性論者艾蓮娜·西蘇一再頌揚的「母親之聲」。西蘇獨立而霸氣地說：「我就是大地，我就是大地上發生的一切事件，我就是在我的不同形式中活著的所有生命。」（康正果：145）曾淑美則純情地以男人的家為家，允許男人像頑童，而女人安於家庭母親的角色，生兒育女的工作不受質疑：

> 我要到你的餐桌吃飯
>
> 我要在你的枕上睡眠
>
> 彼時藤蔓開出花朵
>
> 爐火為我們驅寒
>
> 任你到我懷中生病
>
> 任你在我髮上玩耍
>
> 彼時雨水洗淨憂傷
>
> 陽光為我們打掃被窩（86）

　　細讀張芳慈（1964－ ）的〈箏與線〉，同樣讀出女性幻化成千

絲萬縷的苦情，任男人牽扯，獨不要自我：

> 如果你是箏
> 我底髮將抽成絲　千縷
> 如果你是線
> 我便流連　任你牽扯（12）

四、女性的牢籠：婚姻與兒女

弗里丹指出，女性奧祕論告訴人們，女性最高的價值和唯一使命是發揚女性特徵，去做生命創造的工作。「自一九四九年以後，對美國婦女來說，女性的完美，就只存在唯一的一種定義，那就是主婦加母親。……她那無限廣闊的天地收縮成了舒適家庭的幾面牆壁。」（41）

中國社會將女性封鎖在男性家中的體制更爲嚴厲牢固。女性沒有正式名字，而以某氏相稱，婚姻主要爲了傳延子嗣，無法生育將遭休出之命，「未嫁從父，既嫁從夫，夫死從子」（《儀禮・喪服・子夏傳》），一生以替男性生養爲職責，不但無法挑戰一夫多妻的制度，甚且要認同妻妾溫婉、互容、不嫉妒的賢慧。「浪型的衛生棉及荷爾蒙／花間詞式的吟詠──眼淚及面膏齊飛／有人打造更重的枷／帶進自己的家」（〈三八節之共生譜〉，馮青：65）是千年來無遮的現實。

時至今日，女性因受教育及就業機會不亞於男性，經濟獨立，

自主能力大爲提升，儘管談戀愛仍多擺出一副弱者心理、被動姿
態，一旦結婚，於家事的分擔、家庭的職責，不少人頗有平權的主
張和做法。有的詩雖還不到顛覆的地步，但老大不情願的言行已經
顯現，絕非單一的對家庭和諧、甜蜜的歌詠。年輕女性自我省思之
餘，也及於上一代，筱曉（1957－）〈蹲在水龍頭下的婦人〉一詩
寫辛勤持家的母親，憂愁、靜默，輸出之心力像從拴不緊的水龍頭
一滴滴流掉的水，結尾：

> 我轉身
> 離去
> 蹲在水龍頭下的婦人
> 我彎腰的母親呵
> 卻成爲
> 一路的街景（65）

詩情壓抑，力趨淡然，不再對女性無我的獻身禮讚，反有一絲絲惜
痛在心，「卻」字初見反思的端倪。羅任玲（1963－）的童詩〈一
分鐘〉：

> 爸爸說
> 一分鐘，可以看到新聞快報
>
> 媽媽說
> 一分鐘，要趕緊把菜炒好（101）

透過兒童的眼呈現出男女主人下班後的行爲，作者意不在批判，算

是意外剪貼出一幅兩性勞逸不等的圖像。

　　在詩中重視意識、意念表達的女權運動者李元貞（1946－），著有《女性詩眼》一書，收詩一百三十首，自一九六五以迄一九九四年之作。李元貞七十年代初期以前的作品，尚看不出特別尖銳的女性意識，一九六七年寫的〈母親〉一詩開頭雖有「原來我只是個女人」這種隱約抗議的句子，但結語「我只是個女人／生命的母體／千萬隻成形的小手／向懷中索取露滴／溫柔的王冠」（14），語氣柔和，顯然轉移了重點。一九六九年寫的〈女人〉（23）描寫女性排卵的憂鬱，流血、破身的痛苦，對男人的自私偏見似乎也只在轉述，沒有辯詰、聲討。

　　深入婚姻、家庭這一議題，就我所接觸，可以舉述的詩例有夏宇（1956－）的〈魚罐頭〉，零雨（1958－）的〈你感到幸福嗎〉及〈下班1〉、〈下班2〉，陳斐雯（1963－）的〈一雙〉，葉紅的〈理想國〉。

　　　魚躺在番茄醬裡
　　　魚可能不大愉快
　　　海並不知道

　　　海太深了
　　　海岸也不知道

　　　這個故事是猩紅色的
　　　而且這麼通俗
　　　所以其實是關於番茄醬的（夏宇1986：150）

這是夏宇的〈魚罐頭〉，副題「給朋友的婚禮」。夏宇長於創造，包括題材、思考方向、用語，連出詩集的方式都有去中心而向邊緣的策略。這首詩批判制式的愛情、制式的婚姻形式、通俗的流行：紅帖子、紅禮服、紅包、禮堂交織出的一片猩紅色——詩人所謂的「關於番茄醬的」。男女兩條魚醃漬在這樣的番茄醬中，當然可能不愉快。對愛情，夏宇則不批評，她用海作象徵：「海並不知道／海太深了」。當男女從愛情的大海中準備上岸，岸也不知道他們會有不愉快的遭遇。及至知道，一切都已發生了。探索兩性關係之別出心裁，的確教人讚嘆。

曾被稱為夏宇之後第一人的陳斐雯，這些年幾乎已完全逸出詩壇，未見詩作發表。她的上一本詩集《貓蚤札》出版於一九八八年，其中有一首〈一雙〉，以女性學觀點讀來特別有意思：

> 悲劇的裂縫
> 逃出來一隻腳
> 逃啊逃啊逃
> 什麼都不管
> 只管逃，拚命逃
> 滑了一跤
> 才驀然
> 想起另一隻腳
> 啊——又跑了回去
> 從此就再也沒有出來
> 就再也沒有 (132)

如果說男與女是社會形制（例如家庭）配搭的一雙腳，曾經覺醒逃出
來的一隻腳，指的是女性，她最終又重回牢籠的原因，詩人告訴我
們是「滑了一跤」（挫折），使她「想起另一隻腳」，這另一隻腳
自然是丈夫、兒女、女人的牽掛與累贅，深一層看，在父權文化
裡，也可能是禮俗、流言，女人的緊箍咒。

　　女性的悲劇來自於女性的奧祕───一口偽裝成幸福的箱子。女
人一旦跑了進去就很難脫困，針對這一點，曾獲一九九三年「年度
詩獎」的零雨曾發出「你感到幸福嗎？」的質疑，並以之為題：

> 遠遠地，有一口箱子
> 朝我滾來。我要
> 在它到來之前滾開
> （你感到幸福嗎）
>
> 在閃開那一剎那
> 躲了箱子
> 也避開幸福
>
> 再給我一口箱子吧（43）

她的根本之道是避開那一口箱子，也避開所謂的幸福，轉而追求另
一口箱子；此箱非彼箱，也許有幸福可言，也許還是沒有，但畢竟
多了一次選擇機會。

　　兩性在家中所以不和諧，原因多出在對家的認知與作風不同，
零雨在〈下班2〉一詩，有這樣的表達：

> 屋子裡住了一個不認識的人　無址可詢的
> 流浪漢　他要我背誦一則格言　治家的
> 那則格言　我不會　我用繩子　一條
> 粗黑的繩子　像蛇一樣綁他到我身上
> 到我身上溫馴地抵抗（21）

男人住在家裡只像是住了一個不認識的人一般，因爲他既不關心家務，而又經常在外「流浪」應酬，行蹤不定，無址可詢；反過來卻要求女人好好留守在家中（背治家的格言）。女人當然不願意如此，於是就想用繩子困縛他，想黏附在他身上，溫馴地抵抗（動之以情）。最後一句用了蛇的意象，再加上「溫馴地抵抗」詞意之曖昧，似乎又有用身體、用性來拘留他的意思。零雨的〈下班1〉更是一首兩性共處同一屋簷下的絕妙浮世圖：

> 終於　他們停下來　不說話　光放屁
> 彼此嫌惡　輪到他背經典　女人經悄悄
> 流傳　闖過平交道　準備槍決地平線那顆
> 紅心　吃罷晚飯　帶新聞紙上廁所　熄燈
> 以後　所有房間住滿受害者（20）

當他們停下來是指吵架停止，兩人一個勁兒地不說話，光擺出臭臉、拋出一身臭氣。在這場男人與女人的戰爭中，女人占了優勢，換成男人背經典（慢慢去消受女人經吧）。「那顆紅心」指的是落日（去了勢的陽物），女人經闖過平交道，喋喋不休，甚至「準備槍決」對方。「所有房間住滿受害者」表示兩性互相傷殘，婚姻之

味透頂，這是人生共相，沒有誰勝誰負可言。

　　認清這現實，則唯有打破兩性二元分別的態勢，回到上帝造人之初的混沌。設若夏娃不是亞當的一根肋骨所造，即使是，在亞當、夏娃偷食禁果之後，若上帝不對女人特加懲罰：「我必須增加你懷孕的苦楚，叫你分娩時伴隨著劇烈的疼痛！你將成為丈夫的附屬品，依戀你的丈夫，受你丈夫的轄制。」（張久宣：11）則天上人間仍將是一片樂園。葉紅心目中的理想國就是沒有婚姻、沒有兒女、沒有男女的樂園：

> 女人還原成肋骨
> 回到胸膛
> 男人懷抱著寂寞
> 沉入泥土（57）

五、女性的背叛：找回自己

　　女性掙脫男性霸權掌控的第一步是找回自己。「從自己的需求和能力出發，為自己規劃出一個新的生活藍圖，把愛情、孩子和家庭這些以往限定女性的因素與面向未來、目標遠大的工作協調起來。」（弗里丹：448）為了解清自己，必須揭去傳統形象的面紗，傾聽內心真實的聲音，解構男人的所思所想與所作為，解放愛情、婚姻對女性的不公。

　　法國女性主義學者托麗・莫依（Toril Moi, 1953－）所提女權

主義奮爭的三階段（三種並存和交錯的態度）（12），在台灣戰後世代女詩人的詩中依稀可見。

第一種態度是女性要求平等地進入象徵秩序，追求自由。例如羅任玲〈我女朋友的男朋友〉（32），就不認爲女性該扮演海那樣包容的角色，「或者我們都該扮演一隻魚。」男的是魚，女的也是魚，各自遊於大海，不必活得十分辛苦。這似乎吻合《莊子・天運篇》的思想：「相呴以濕，相濡以沫，不若相忘於江湖。」曾淑美〈城市之光〉，有一段爲不幸淪入風塵的女性發言：「和先生您一樣有權免受剝削之苦的／我，淪落的女人／不要您綠色藍色的鈔票／請讓我回家／還我清白的被褥和生涯」（81），最基本的要求成爲最有力的「控訴」。

利玉芳的〈貓〉，更是穿透陷阱、疑懼，一位眞實的女性的象徵：

> 原以爲貓的哀鳴只是爲了饑餓
>
> 但我目睹牠在寒冬遍佈魚屍的堤岸
>
> 不屑走過
>
> 然後拋給冷默的曠野
>
> 一聲鳴叫
>
> 發現那是我隱藏已久的聲音（13—14）

女性厭棄物質層面的豢養，不但用不屑表達心意，更發出隱藏已久的心聲。

在爭取平權的聲浪中，李元貞認爲男女都可以愛上好多人（105）；夏宇質詢可以肆無忌憚地使用「茶壺」這個字眼嗎——

試圖打破茶壺爲男性專屬象徵（1991：18）；顏艾琳（1968－）以
三合一隨身包式的愛情作自我解放（1994：22）。

　　女權奮爭的第二種態度是，強調女男差異，摒棄男性象徵秩
序，頌揚女性特徵。例如顏艾琳在〈有人向我索取愛情簡章〉（1994：
6－7）一詩，藉機訓了男人一頓。這首詩多用長句，戲劇性強。在
愛情缺貨停產的時代，她應一個急於購買愛情簡章的男人要求，教
他如何用情，詩中的我指引了他兩條路：其一，「猙獰一點」
——這是反諷的說法：你們男人不都如此？其二，忠誠、包容、諒
解——在從前的男性象徵秩序中，愛情是「浪漫抒情、溫存一點的、
比較瘋狂刺激的、比較驚天動地的」，女性不願再陷入這種迷思
中；反虛假、反醜惡、有所要求，終使男人「難爲情地逃開」。
〈Ｔ市ㄅ大廈Ⅶ樓〉，顏艾琳說：

　　　　我的心是100倍的望遠鏡。
　　　　住在對面的
　　　　ㄅ大廈Ⅵ樓的年輕男子，
　　　　常常用寂寞來豢養
　　　　他的波斯貓。
　　　　不像我的鄰友；
　　　　她總是用不同的男子，
　　　　來餵飽她的寂寞。（18）

在傳統的兩性秩序中，寂寞的女子養貓，男子則以不斷更換女友的
方式填補虛空。而今，男女主角身分、動作互換。從第一句可知，
這是顏艾琳心中張望的秩序圖。顏艾琳崛起於九十年代，手持一柄

鋒利的薄刃，向兩性關係開刀，不因意念表達而減損詩的藝術性，
「戲味」十足的風格相當受重視。她另有一首解構外遇的詩，題名
〈車位〉：

> 那女子的覬覦
>
> 用驕傲裝飾著，
>
> 像一隻貓模糊的嘟噥：
>
> 「在他擁擠的心裡，
>
> 有我的一塊黃金地段。」
>
> 真的，我善良得沒有告訴她，
>
> 自一九八八年四月，
>
> 我早把他廉售給另一位女子；
>
> 那時，
>
> 他已經在心的空地上，
>
> 建好一座巨大停車場。（37）

女性的「正聲」就像第一節中那女子，頗以在那有婦之夫心裡占有
一席之地爲傲；她並不覺做小老婆有何不好，像一隻貓被多金的男
人豢養。女性的「變聲」出現在第二節中的「我」，用一種更強悍
優勢的手段瓦解了男性不軌的圖謀，當男人不再專一，在心中蓋了
巨大的停車場，各種廠牌的車都想擁有，做太太的斷然將他廉售掉
了。勇毅、利索，無占有、依附心理，正是新女性的特徵；相較之
下，「另一位女子」就成了微不足道的模糊小角了。而男人因爲
「廉售」這一動作，已毫無「身價」可言。

　　不以「詩人」爲第一身分的李元貞，她的詩筆更像是一種婦運「宣道」工具，大剌剌的直筆往往痛快淋漓。〈給所有哭泣的女人〉，她呼籲大家變成殘忍的玫瑰，不要再做被踐踏的好花，因爲男人「只有被殘忍的玫瑰刺中／他們才呼叫玫瑰玫瑰我愛你」（154）。在打擊男人方面，她用打蟑螂影射：「黑夜裡／在廁所／廚房／飛飛／應該滿足了／竟如此／不守本分／野心般／飛來床邊」（136）。在歌頌女性方面，她用大母形容：「燈光的盡處／站著／無數男子／張著興奮／笑臉　乃看見／鏡中無數的／舞蹈的／女人／有大母的姿態」（225）。在誰休掉誰的主控權方面，李元貞以牙還牙地借用（爭吵時）男人掛在嘴上的「可以了吧」說：「可以了吧／可以了吧／只有我休掉你／男人才知道什麼是可以了吧」（226－227）。

　　艾蓮娜・西蘇說：「只有通過寫作，通過出自婦女並且面向婦女的寫作，通過接受一直由男性崇拜統治的言論的挑戰，婦女才能確立自己的地位。」（195）準此以觀，李元貞的「蟑螂說」，就是一種顛覆男性權威的表現。不謀而合的是顏艾琳在她的筆記書《顏艾琳的祕密口袋》，也將男人與蟑螂疊影：「某夜，我在等候一個朋友的到來，忽然之間卻怕起了『黑暗』。彷彿黑暗中有什麼要闖出來。可能是蟑螂，正探著牠的長觸鬚……過了午夜，他眞的沒來。」（100）

　　馮青（1950－）的〈鸚鵡〉，衝撞的是男人講黃話的性騷擾：

啊！氾濫的語詞及捷徑
濫生著荷爾蒙過多的雄性鸚鵡們

　　在乏味的屠宰場上

　　牠們宰割著數千萬具

　　裙裾下隱型的美女及想像

　　在牠嚼過糞便的喙上

　　淌著褐色的蜜（101）

　　荷爾蒙過多的雄性鸚鵡，以「裙裾下隱型的美女」爲意淫對象，所搬弄的字詞實極乏味，卻沾沾自喜於嚼糞。在另一首題名〈男人〉（42）的詩中，她把男人解剖成上洗手間邊看報邊唱歌，久久拉不完似患了痔瘡的男人；邊等紅綠燈邊挖鼻孔的男人；愛馬殺雞又怕抓的大學教授般的男人；而以上這些男人全都是色迷迷（從眼鏡的上方看人）、陽痿（立刻就解脫了）的人。

　　很早就開始在詩篇中建構女性中心思想，成就最高的，非夏宇莫屬。夏宇也是至今僅見的在作品中反對男性氣質和女性氣質作形而上學二分法的女詩人，這是女權奮爭的第三種態度，如同法國女權論者朱麗婭·克利斯特娃（Julia Kristeva）的立場。一九八二年她寫的〈一般見識〉主張女人「懂得蛇的語言／適於突擊／不宜守約」（1986：89），已令人感覺到她的心明眼亮；一九九〇年完成的〈與動物密談㈣〉更超越生物男女性別之界分：

　　多麼好啊我終於找到一個主題叫做不忠

　　分別對他們五個不忠因爲同時

　　忠於他們五個聽起來像是一種

　　數學命題有著繁複的演算可能這這

　　就是我體會到的不忠唯一的問題是

時間不夠還有體力不繼但關於慾望的

自然消長則每一個人

都可以充分體會到如果能夠愛上第六個人

就可以分別減輕對他們不忠的程度那是說

我認爲不忠有一定的量隨人數的增加

而減少對每一個人的分配那麼問題最後就是

到底要對多少人不忠才能

徹底地不感覺不忠呢？（1991：26）

　　在夏宇的娓娓敘述中，重新建構了性領域裡「不忠」（注意，她用的不是針對女性而言的「不貞」）、「體力不繼」等男性專用詞的意義。講這樣的話她像個沒事人似的，徹底抿除了「約定俗成」的男性、女性觀。她辯證「不忠」與「不感覺不忠」的邏輯，更是一種強化解構的策略。

他們爲什麼不能彼此欣賞且和樂地

相處呢既然他們都一致地愛我至少

他們有相同的煩惱最起碼他們有

共同的話題甚而他們可以一起責備

我的自私和享樂主義最後他們又可以

交換內褲我又將不致很快發現你看（27）

這是同一首詩的第三節前半，如果不說它出自女詩人夏宇、是由女性在敘說，常人一定當它是男性在發言——因爲這極像是男人恩賜

妻妾的心態與講法。

夏宇無意從對立立場批判男性，她幽默地占用了男性。

六、結　語

從以上對十八位戰後世代女詩人作品的解讀，我們發覺兩性關係的本質批判確實已經邁步向前，女性變聲的焦慮日漸明確——從心理意識到身體慾望。單純的、纏綿的、幽怨的曲調已不吻合當代現實。然而，如同第三章所獲結論，許多對女性有影響的問題與因素，諸如：單親、試婚、買婚、墮胎、生育之苦、育嬰、產假、單身條款、家庭暴力、午夜午郎、美容瘦身以及女性從政、女性救援……等，極少甚至完全沒有被觸探，更不要說對女性常患的憂鬱、潔癖、歇斯底里病作同情而深入的理解。

雖說以詩為工具與現實議題結合，在表現上要比小說難，但證諸夏宇、零雨、顏艾琳等人的嘗試，詩的女性主義天空仍大有可揮灑、翱翔之處。

最後我要引用一首我寫的〈自畫像〉（發表於1995年9月24日《更生日報·四方文學》）作結：

　　她年輕的身體
　　走著一匹溫馴的馬
　　牠用黑亮的鬃毛撫弄
　　她身上那把琴

她渾圓的身體
走著一頭壯碩的牛
牠用劇烈的鼻息吞吐
她身上那面鼓

她睡眠的身體
走著一隻害羞的羊
牠用映在肌膚上的月光咀嚼
她身上的險降坡

身體是起伏的草原
我的安琪兒走在起伏的霧中
呼喚我，以她
油彩未乾的自畫像

我看到一會兒是馬一會兒是牛
一會兒又是羊
霜淇淋的女獸啊，是流動
又是伸手可觸摸的

食我
且爲我所食

　　這首詩以想像的自體交合呼應女性論述者所說的：「我們進入了陰陽錯亂的時代，我們將面對多種性別和性關係，因此我們的性別概

念也必須將不斷地經歷變化……男人在走向女人，女人也在走向男人，兩性之間將出現新的融合。」（康正果：152）

第五章　各人住在各人的衣服裡

——台灣戰後世代女詩人的服裝心理學

一、引　言

　　小說家張愛玲（1921－1995）在一篇散文〈更衣記〉中，曾詳細記述古往今來衣著的變革與心理。「各人住在各人的衣服裡」，是她的名言：「在政治混亂期間，人們沒有能力改良他們的生活情形。他們祇能夠創造他們貼身的環境——那就是衣服。我們各人住在各人的衣服裡。」（73）

　　服裝不僅是兩性的劃分，更是每一個個體意識的外現，個體與個體匯聚成一種流動的時代文化。

　　心理學家指出：人們穿衣戴帽，有兩個目的，一是融入社會、尋求群體的認同，一是通過服裝以凸顯自我，亟望得到讚美（赫洛克：154）。在殖民時代的美國，麻州（Massachusetts）議會公開反對農人工人打扮成世家子弟的模樣，「民意」竟認定滾金邊的服飾、昂貴的靴子，以及女性穿用的紡紗羅的連頸帽和圍巾，只能由權貴享用；一般人的服裝是粗糙的亞麻布、法蘭絨裙等（魯瑞：114）。衣著的階級性阻斷了人群的認同。在中國古代，豪門貴族的衣服一

樣是地位的象徵，《紅樓夢》賈寶玉的穿著，就顯示出這位翩翩公
子的貴胄出身與年輕美貌：

> 頭上戴著束髮嵌寶紫金冠，齊眉勒著二龍搶珠金抹額；穿一
> 件二色金百蝶穿花大紅箭袖，束著五彩絲攢花結長穗宮絛，
> 外罩石青起花八團倭緞排穗褂；登著青緞粉底小朝靴。面若
> 中秋之月，色如春曉之花……（52）

除了上述目的外，有時，服裝還帶有性的特徵，弗留葛爾
（John Carl Flugel, 1884-1955）在他的經典之作《服裝心理學》
（*The Psychology of Clothes*）中就特別強調這一點：「對服裝有
愼重研究的學者大家都表示：在穿衣服之一切動機中，那些與性慾
有關係的動機占著最優勢的地位。」（9）我們從野蠻人的穿著最
初總在或近於生殖器的地帶，即可見衣著是爲增加穿的人的性誘惑
力，並刺激心儀者的性慾興趣。

從台灣戰後世代女詩人的作品，雖不能看出服裝本身即性器官
象徵，也很難找到「服裝上的很多物件都是類生殖器」（弗留葛爾：
11）的印證，但運用服裝心理學分析詩中的服色以試探作者性別意
識之有無，卻不失爲一條通路。

二、從身體表徵談起

在女性身上，最容易看出時代縮影的服裝，就是長裙。中國古
代裙裾曳地的女裝固稱典型；西方維多利亞時代，將女性束腹延

長到大腿骨中部，並將胸部推擠向前、將臀部推拉向後，拖曳的連身長裙內還有好幾件襯裙，更爲嚇人。長裙將女性塑造成「奢侈品」，在父權社會中有「性感迷人」的效用，有助於增添女性肉體擴張之感，達成裸露女性達不到的某種特質（弗留葛爾：17）。在男性所支配的文化中，女人被視爲「彰顯式消費」的對象，也就是說女人在生活中不需要有什麼用處，她只需穿著華艷不舒適也不方便的衣服，以顯現她丈夫的地位，能襯托丈夫的家世與財富就夠了。在表面，長裙裝飾了女性某種尊嚴（矜持），但在骨子裡，它是要造成搖曳生姿的羞澀之態。長裙有時甚至變成女子的「面孔」，身體的代稱詞，例如：

> 曳地的裙裾
>
> 貼著銀色圖案，懶懶地
>
> 垂著，有一些動人的故事（〈饗宴〉，沈花末1989：71）
>
> 幽徑飄動一襲羅裙
>
> 是珠兒，他遣來覓我（〈唐琬〉，鍾玲：109）
>
> 在如歌的夜色裡，我竟不知那張臉是妳。
>
> 但妳擺曳著古典的長裙向我走來，向仙人掌走去。
>
> （〈邂逅〉，馮青1983：35）

將時裝當作一種符號語言看，女詩人對長裙的認可、詠嘆，無異於對古老的性別意識的接納。長裙「垂著」，像俯首聽命的女性；長裙「飄動」、「擺曳」，像男人眼中女性的風情。長裙迎合的是男性，而不是女性；以現代觀點論之，它彷彿堆砌的漢賦文字，表情

不夠活潑，不如「薄衫」能引致大膽、浪漫的心理反應，或逼出女性尊嚴的思考。先看沈花末（1953－）〈雨天七行〉：

> 山蕎地冷了
> 羞澀地拉緊薄衫（1989：184）

就自然產生出女性肌膚的質感，「布料象徵人的皮膚」（魯瑞：230），薄衫的柔軟既貼身又輕快，有女性的示意性。她的另一首詩〈寂寞也是歌〉則以春衫襯托一位女孩的灑脫、曠放；現代女孩不再囿於閨中，而嚮往於遠方——命運落腳的港口，哪怕傳出的是淒厲的曲調也無所懼：

> 單薄的衣衫很暖了
> 再割取一方天色
> 填補清瘦的的臉
>
> 海岸我們走著想著
> 潮聲牽動著神經
> 街道我們走著想著
> 人聲嘲弄著孤獨（1989：98－99）

如果說筱曉（1957－）的〈歸去〉詩：「臨行密密的叮縫／怎還感覺／今晚的衣裳／竟是好單薄？」（62－63）是對現實的感傷，沈花末的〈寂寞也是歌〉，就是對未來的謳歌。一個寫母親，是家庭之愛；另一個寫自己，現代女性已經走到家庭主婦的藩籬之外。

談到女性護衛身體的尊嚴，利玉芳（1952－）的〈夏日沙拉〉

是一佳例，這首詩寫她某年冬日在一偏僻小村馬沙溝看到穿得極少的花車女郎，於寒風中舞動著，在防風林扭腰助陣下，唱著哆嗦的歌，詩人心情變得沉重，那幾個女郎的裸露使她產生心理防衛機制，變成她脫不掉的外衣：

> 去年嚴冬的腳步
>
> 走遠了吧
>
> 怎麼直到現在
>
> 我還沒有脫去那件沉重的外衣
>
> 那一季嚴冬
>
> 幾個穿著比基尼
>
> 長得跟我一樣黃膚色的女郎
>
> 是我脫不掉的外衣（1989：92）

「外衣」在這裡變成女性羞恥的意象。詩人不用「內衣」或「脫光」等詞彙表現，顯然是要借（大件的）外衣換喻身體。這個意象的建構因此令人感到語意翻轉的沉痛。詩題「夏日沙拉」不是作者的感受，是另一批所謂「胃口不同的食客」的感受。

三、從扮裝到偽裝

　　張小虹（1961－ ）在分析〈兩種《歐蘭朵》〉時，指出，變性的「身體」部分爲不可呈現者，一切的呈現都圍繞在語言、社會位置和服裝上打轉，「扮裝（卸去男裝、穿上女裝）爲變性之轉喻」（21

一22）。白雨（1949一）有兩首詩，可援引爲扮裝之例，其一爲
〈蟬〉：

> 漫漫十七年的修行
> 在未識風日的地穴中
> 每一次蛻下的袈裟
> 且能療治世間諸疾苦
> 緣何爬上不著天的樹幹呢
> 清晨的迸裂始自頭胸
> 揚棄了那襲無塵衣
> 乃羽化成一翩翩少年（106）

十七年爲周期蟬的成長期。蟬未成熟前爲若蟲，棲地穴吸食多年生
植物根中的汁液以存活。詩中揚棄的那襲無塵衣，即所蛻之殼。中
醫認爲蟬蛻之殼可入藥。蟬在蛻變（羽化）前，牠的「前身」如慈
悲的地母（棲地穴，忍煎熬，等待蛻變那一刻，而那一刻又要捨己身所出以
療世間之疾苦）。直到有一天爲了換位（從地底到樹上）而「換裝」，
一換裝即「羽化成一翩翩少年」，性別因而有了新的認定，這雖不
及雌雄同體的性別轉換來得精采，卻也是可圈可點的「表演」。這
樣的性別表演，還可在白雨的〈蠶〉（107）詩中發現，詩人將活
在一片桑葉裡的蠶比喻爲「自君別後的小女子」，牠朝暮而機械地
啃囓著自己的青春，「等無法屈伸的皮面／也掩不住虛塡的軀囊／
便開始絕食的長眠／不得不醒來的時候／換穿的還是那色素衣」。
「素衣」在此予人清苦、絕望之感──呈現「小女子」扮裝失敗、
爲情所困的容顏。

利玉芳的〈堆雪人〉，以「主婦」及「女性人」兩種身分換位
作思考：

> 油煙的裙兜暫且鬆開妳的腰間
> 讓圍巾在妳的頸項燒一圈溫暖
> 賢慧與溫柔的冠冕暫且脫下吧
> 讓俏皮的呢帽拉近妳耳邊
> 這樣妳就聽不見家中么兒的呼喚

解下油煙的裙兜，摘去賢慧與溫柔的冠冕，追求浪漫、凸出自我的
韻致，不要家的枷鎖，被他人依靠和讚美的束縛，要為自己而活。

夏宇（1956－）〈皮肉生涯〉寫道：

> 那些貧瘠的年歲　粗暴的光
> 狙擊暗淡的日子　洗出
> 模糊的臉　失焦的心
> 穿著寬大的衣裳　掩飾
> 發育的雙乳（1986：148）

我們從詩結束於「長釘深深陷落／於木頭迴旋的紋理／生平行誼／
祭文的頓挫」，推知是少年時一個傷逝經驗。少女身體的變化以及
藉服裝抵禦種種真實或想像的危險心理，不容輕忽，它是死亡之
外，夏宇十分著意的對「皮肉生涯」的認知。弗留葛爾談到服裝的
根本動機時說，一般人都承認有三項：裝飾（decoration）、含蓄
（modesty）、保護（protection）。但他隨即補充道：主張「保
護」（保暖）為著衣之原始動機者畢竟屬少數。原因是人文主義者

不願承認像衣服這樣重要的文物有如此純粹的功利起源，而主張
「含蓄」（藏羞）說的也被認爲只是呼應聖經的傳說，不如有性徵
意義的「裝飾」說最爲大衆信服（2-3）。但我們若將保護與藏羞
動機接引到女性心理上，則似乎又露一絲端倪，那就是「掩飾」的
作用。不論中國或西方國家，某一時期的社會禮俗，都曾以緊身胸
衣要求女性掩飾凸出的胸乳。在日常生活中，男性裸露上身被視作
平常之事，女性則不能；除了特殊場所性挑逗的裸露之外，「掩飾」
確實是女性已經內化的服裝心理。至若馮青（1950－　）〈女角〉詩
中的「戲服」，卻是女性面對愛情的詭異、痛苦而做的僞裝──以
避免內心世界被看穿而愈受傷。愛情究竟如何在這世上上演？馮青
的詩說，不論「十年前及十年後的故事／一再以相同的衣著／遁入
絕對的虛無」（1989：47），這一襲「相同的衣著」最終映現的是
「慾情和現實的對立」，是絕望、惘然，是一枚苦果。

四、服裝與女性感受

　　人與人初次見面，尙未交談前，即可從衣著約略讀出對方的個
性、出身背景、職業和品味，服裝是一種自成系統的符號，「比語
言更古老和更世界性的語言」（魯瑞：9），女詩人多有藉此等「被
凝視」的對象呈現女性纖細的內心感受，賦服裝以生動的意涵者，
例如：

　　　想山風的多疑

　　　正似褪色的頭巾（〈過客〉，馮青1983：77）

「山風」與「頭巾」接合在一起，不僅僅因為山風拂掠或回盪的姿態與頭巾的纏裹或解開相似，更在於山風的「多疑」竟與頭巾「褪色」的心理產生了微妙的關連。山風也是內心鼓湧的風，頭巾很可能是一證物，儘管褪色了，仍不免於山風之疑（去拂動它）。這樣的「多疑」，也因頭巾已褪色，纏也不是，丟也不是。

　　　讓春翩躚葉葉嫩芽之上
　　　雲啊請再織錦裳（〈喚四季之名〉，尹玲：155）

尹玲這首詩從夏開始寫，經秋、冬，最後對春加以著墨，那雲所織之錦裳，像是彩霞，更像是降而為雨滋潤的春花。女詩人在這裡用的是祈使句，因而見出錦裳是她心中深沉的期願，依稀有一絲膜拜的神情；錦裳毫不干「悅己者」，非為男人而織，是女性「面對時間」的詩篇，自我的書寫。

　　　所有的門虛掩著　所有的外套解開了
　　　第一個鈕扣　所有的水龍頭漏著水
　　　（〈在另一個可能的過去〉，夏宇1991：91）

夏宇這首詩描寫一種男女分手的情境，一切都不落實，像門已打開過、現在虛掩著，水龍頭扭開過、現在滴著水。服裝意象是外套，嚴男女之防——僅僅解開第一個扣子；既未全解開，自然談不上「內衣之情」了。

　　　夢見

> 　　自己是一根憂鬱的鞋帶
> 　　固執著
> 　　破舊的鞋（〈鞋〉，夏宇1986：4）

借用佛洛伊德（Sigmund Freud, 1856-1939）的心理學說，女用皮包、皮鞋，都有女性性暗示。鞋帶像是一個人的心思（戀情），附著在鞋上（身體）。身體越用越鬆垮、越不值錢，心思因而憂鬱起來。女性對生命的敏感，對歲月的無奈，十分明顯。

> 　　穿著大衣逛春天的櫥窗
> 　　好似一個隔世的失意者
> 　　舉目卻見他人皆成雙
>
> 　　無論鮮綠、嫩黃或艷紅
> 　　即使標了價的輕盈花俏
> 　　也如歲月的交易一般艱難
> 　　臃腫的中年只宜啊深素裹之（〈四月冬〉，白雨：60）

女性對時裝潮流的感應，可以「春江水暖鴨先知」來形容，冬一過去，大衣馬上就不合時宜了；至於顏色，花俏的歲月既遠，當然就「只宜啊深素裹之」。更有意識地將女性心靈思想，寄託在詠服裝詩的，可舉顏艾琳（1968－）的〈舞鞋〉：

> 　　紅色高跟鞋，
> 　　隱居在舞會的角落裡。

它已經厭倦了

不停的旋轉……

旋轉……

紅色高跟鞋，

當然不是玻璃做的，

但它卻有一顆易碎的

玻璃心。（14）

如果說《灰姑娘》童話裡的辛德瑞拉（Cinderella），其命運契機是在那一場舞會裡，現代的灰姑娘卻已厭倦在舞會中不停地旋舞，厭倦於男性給的恩賜和救贖。她寧願隱居在一角落，而不願行動如玻璃般玲瓏剔透供人玩賞，但她的「心」還是易碎如玻璃。第一節表達女性在兩性關係上的跨越，第二節一旦回到女性心靈的本質，那一顆要人呵護著捧著的「玻璃心」，其實與舊童話所述並無異。如此一兜回，性別意識的革命企圖只能說完成了一半。

五、服裝色彩的性別表現

人類社會從古至今累積下來的性別色彩，在父母親給嬰兒購置衣服時最為明顯，例如女嬰總是粉紅色的，男嬰常是淡藍色的。較大一點的女孩，除了粉紅還有其他黃綠等花色，而男孩雖也有紅、綠色系的衣服，但通常是較深的單色。如果在衣服上印圖案，男孩多印上戶外運動、交通工具及野生動物圖，女孩則以花及寵物的裝

飾爲重。「這些都在暗示男孩將來要活潑地玩耍並到遠地旅行；女孩則留在家裡，種花並養育動物。」（魯瑞：212）

　　然而，台灣戰後世代女詩人眼中的色彩常是超越性與性別的。筱曉（1957－）筆下的男性「著一鏡藍衣」離去（〈夢醒〉：130），她筆下的自己，「當年愛著藍衣的少女」（〈再相見〉：54），現在也著「一襲藍衫」（〈女人與風箏〉：137），男女穿著沒有兩樣。沈花末（1953－）從前是「白衣斜進水裡」的水仙（〈水仙的心情〉，1989：34），是「白裡緩緩一朵初生的蓮」（〈初生的蓮〉，1989：79），「形銷骨立之後／身纏白布」（〈燭火〉，1989：88），現在「喜歡穿著暗色的衣裳」（〈在寫詩〉，1991：182），不論她是要映襯曾經駐足在生命中的優雅的感傷，或描摹一段經驗的深刻、慘痛，她不是用天眞、純潔的白就是用愈暗負載愈多神祕的暗色。停掉詩筆多年的梁翠梅（1957－）「假想心情也似一件藍布長衫／可以任意脫下」（〈洗衣心情〉：281）；零雨（1958－）看到「天光未開　每個人都穿著一襲黑衣」（〈初冬記事〉，1990：128）；甚至她自己「穿著黑衣走過冬天臨海的街道」（〈失眠晚課〉，1992：10）。尹玲（1945－）悼念越戰中充當砲灰的年輕男子：「你幽然而來／一襲青衣／裹不住那眉宇間的烽火」（〈血仍未凝〉：27）；馮青「空廊裡走來執燭的白衣女子」（〈菊走〉，1983：13）和葉紅（1953－）「輓聯似雪衫迤邐」（〈悼亡〉：133），都是傷逝的詩句，投射心境，色調慘淡。

　　少數例外的綵衣見諸馮青〈奶奶年輕時的少女照〉（1983：192），想把春搗碎使她婆婆年輕時在重慶穿著的陰丹士林旗袍變成花旗袍；羅任玲（1963－）紀念戰爭中的盧安達，心中閃過有花

格襯衫的男孩吉米（〈哈利路亞〉，1994年10月27日聯合報副刊）；斯人
（1952－）寫〈荷〉「像美人卸下殘妝／猶拖半截金縷的衣裳」
（67）。但此三例都無歡慶之意。

　　質言之，服裝語言像交談的口語一樣，隨時在變，隨著女性天
地的開闊、女性主義運動的發展，當代女性的服裝不但拋棄了累贅
的裝飾，連款式、顏色也揚棄了嬰兒的性別色彩制約及女性「歷來
的自戀情欲和表現癖」（梁濃剛：146）。我們發現，一個舒適而無
性別剝削的女性服裝新紀元，在女詩人筆下，其實是奠定在暗淡的
男性色系上而展開。

六、圓：女性的追求與陷落

　　檢視女性詩篇，發覺圓形服飾配件，饒富意識底層的深義。所
謂圓形服飾配件例如：指環、手鐲、傘、珠花鍊、圓蓬裙等，廣義
地說都算服裝範疇。根據榮格（C. G. Jung, 1875－1961）〈論神
話的起源和基礎〉一文的說法，現代人為贏得整體自我，進行生活
重建與改造，或為內心的矛盾作出補償時，他們會夢見曼荼羅。以
圖形分析，曼荼羅（圓）的原始造型向上看是天空、穹蒼，是圓
月；向下看，是塵寰、世界，是一間間居所，是圓坑上建起的祭壇
（445-448）。

　　「圓」原本是人生追求的標的，卻也很可能是陷落的坑洞，就
像婚姻是無數女子追尋情愛的主旋律，然而，追求到的代價，常常
是自由的失去。

指讓環緊緊圈住
再沒空隙
指問
這是愛的形罰嚒？（〈指環〉，葉紅：29）

「這是愛的刑罰嚒」，雖是笑語，而其初始也極可能樂於互相圈扣，然而沒有自由的空隙，終究會生出「刑罰」的感覺，這種「圓的追求」乃弔詭地成爲「自我」的失落。馮青〈手鐲〉一詩描寫女子腕上的鐲子初戴時十分透明好看，年深日久，「鐲子的顏色變深了／秋也深了」（1983：155）。秋深了，女性的哀愁就來了，鐲子在這裡不期然有了「枷鎖」的喻義，它綁住了女人，吞吸了女人的青春，女人的生命之血。馮青另一首〈傘〉，也有女性不同時期的行爲心理，年輕時——

那不怕日曬雨淋
青春期跳著橡皮筋的女孩
是從不撐傘的

完全一派本質的清純自足，不需求助於傘的保護；到了成年階段，那些打轉在股票和房地產之中的都市女人，不得不教人懷疑她們的血脈容易僨張，傘成了她們的虛飾品和貪求工具：

她們用傘的功夫非常準確
沒有更好的　也沒有更壞的
像銀白的樺樹般驕傲
像火紅的向日葵般的汩汩吃著大太陽的乳房（1989：53）

傘換到洪淑苓（1962－）詩中，是隔開冷冷夢境的暖陽（〈借
傘〉：23）；懸掛在腕間的珠花鍊也只有唯一的一種旋律：「默默
的，腕守著環守著腕守著環」（〈珠花鍊〉：30），其象徵並無太多
新義。真能突出洪淑苓對女性主體思考的詩是筆鋒犀利的〈過「婚
姻廣場」〉：

> 打「婚姻廣場」走過
> 幸福牌的微笑滿街贈送
> 一個個鄧肯、西蒙波娃
> 也穿起蕾絲緋繡圓蓬（32）

一般女孩安於婚姻的典章制度，穿起蕾絲緋繡圓蓬婚紗裙，擺出幸
福牌的微笑拍結婚照，自不教人納罕，教人納罕的是連鼓吹自由戀
愛的舞蹈革命家鄧肯和女性主義先驅波娃都不能置身在外，則可見
圓蓬婚紗裙對女性撒下的彌天大網，實在很難逃脫。圓蓬婚紗裙的
束縛與「後遺症」有甚於長裙。女性因忘不掉玻璃鞋的誘惑，這一
座「圓」所籠罩的範圍於是就成了她們（包括女強人）的祭壇。

七、結　語

以服裝心理研究女詩人的性別意識，材料並不豐足，能塑造出
如古典詩「青袍」、「玉珂」❶主意象的人更少。以洪素麗的〈早

---

❶　李商隱七律〈淚〉：

春印象〉而言，詩中雖提到牛仔褲，卻只依附在「有人以流浪出名」
（26）的句後，詩旨完全不涉及牛仔褲如何從工作服提升爲休閒服，
從通俗進化成流行的符號象徵；牛仔褲使女性走向更寬廣的天地，
自然也不是她的詩筆所關注的重點。

　　全由衣飾構思起興、比擬生情而具性暗示的，反倒要在男詩人
作品中去求❷。然而，隨著消費時代的愈臻極盛，流行風尙主宰人
們的生活步調，服飾衣著的文化本質與心理推演，相信必會在人類
思維活動中（包括性別議題）扮演更吃重的角色。

　　永巷長年怨綺羅，離情終日思風波；
　　湘江竹上痕無限，峴首碑前灑幾多。
　　人去紫台秋入塞，兵殘楚帳夜聞歌；
　　朝來灞水橋邊問，未抵青袍送玉珂。
❷　陳義芝〈住在衣服裡的女人〉，原載1996年7月6日聯合報副刊：
　　我渴望妳覆蓋，風一般輕輕壓著我
　　以妳細緻的皮膚如貼身的夜衣
　　或彷彿就是我自己的皮膚

　　牛仔褲是流行的白話，寫著詩一般騰躍的短句
　　開叉裙有古典的文法，銘刻了長篇的祈禱詞
　　春天一呼喊，妳絲質的襯衫就秀出兩朵
　　粉色的花苞給如夢的人生看

　　然而我知道，眞實的祕密總隱藏在身體的櫥窗裡
　　「打開看看吧！」妳含笑的眼神時常這樣暗示我
　　爲一顆鮮紅的果子而羞澀

　　千百個櫥窗中我看到妳眩人心神的笑彷彿未笑
　　寬鬆衣襬下搖蕩一奧祕的天體

蹙眉思考如聖經紙印的字典

多像一隻遠遁人煙之外卻愛戀著人世的狐
妳豈是我遺失的那根肋骨
或者我應是黏附妳身的一塊肉
降謫於床第，化身成一條天譴的蛇

我渴望穿妳，當披肩滑落勢如閃電
圍裙像黃金的穀倉微妙擺動
空氣在摩擦，日光在接吻
我渴望套頭的圓領衫埋入妳胸脯，陷身桃花源

放棄棉紗纖維的研究自是日
我專攻身體的誘惑，例如鈕扣鬆脫拉鍊滑雪
分分秒秒念著521 521……的傳訊密碼

自是日妳深潛我夢中撐開一把抵擋熱雨的傘
沿足踝的曲線向北方，妳是我望中帘幕半遮的門
我深信妳打開的皮包中永遠藏有我
———一堆親暱而俚俗的話

第六章　霧中的路標

——台灣戰後世代女詩人作品中的旅行心理

一、引　言

　　一九九四年我以「陽性特質」、「情慾表現」、「服裝心理」等觀點，分析台灣女詩人（戰後世代）的性別意識時，旅行文學在台灣尚未掀起熱潮，藉旅行書寫而表達性別政治意涵的詩作自然很少。直到零雨出版了《特技家族》（1996）、鍾曉陽❶出版了《槁木死灰集》（1998）、江文瑜出版了《男人的乳頭》（1998）和她編選的《詩在女鯨躍身擊浪時》（1998），併同尹玲的《當夜綻放如花》（1994）、羅任玲的《密碼》（1990），以及甫出校園的林思涵的詩作一起閱讀，台灣女詩人的旅行心理才形成一個新議題，有了較豐富的文本。

　　古代的遊記包括出使、出征、朝覲、就職上任等行記，除異鄉風俗、山水寫景、人情記聞之外，還可有詩歌碑文的考證和評論。

---

❶　鍾曉陽（1962—）雖出生於廣州，而後在香港、美國等地就學，但她主要的文學作品，不論小說或詩，全在台發表、出版，她的文學定位在台灣。

今日所謂的旅行文學，在確認寫實報導的表象之下，亦潛伏論述的
意圖（宋美璍：13），既作爲心志的反映，則不論其爲日常生活的出
走、歷史經驗的印證，或僅僅是心靈的幻遊，皆有角色換位、情慾
越界的空間。本章試從尋找自我、追尋樂園、與浪子對話、新女性
的國族想像四方面，抽繹女詩人的旅行情境與心理訊息。「霧中的
路標」既予人以明確指引的驚喜，卻也不免於霧罩下四顧的迷惘。

二、解開「自我」之謎

「自我性」的考察，一在自我形象的認知，一在自我意識的發
展。「自我」的實現與群體的制約、苦與樂的感受，原不待旅行而
發現，但旅行確實提供了更多的辯證機會。首先要舉的例子是鍾曉
陽的〈魚夢〉，她藉著山海間更遠的旅行，思索自己的前程，不論
是嫁或不嫁（繼續作漂泊的雲），在諸多的領略與銘感中，她老覺得：

> 爲何萬般的安排卻總是
> 撫慰不了
> 失寵的心（69）

於是當她流浪到陌生的城市，改變了工作、改變了身分，她所意識
的仍是同一個自己，孜孜尋覓的仍是從前的一張臉。那出現在「我」
夢中的「你」，正是詩人的「自我」，以鮫人、龍女的化身出現：

> 子夜常常可以聽見

鮫人們組織合唱的團體

歌聲三天三夜沒有間斷

直到這個世界又回到了從前

從前尚無一人的時候

直到所有的草原

變回了海洋的時候

直到珍珠變成了眼淚

你將永遠是我夢中的龍女

蟄居在海底深邃的龍宮

永遠都是我

最奢侈的奉獻

最全然的付予（70）

　　鍾曉陽鍾情於魚族意象，更有題名〈魚書〉（66－68）的詩。〈魚書〉對「自我」的體驗有更直接的表白：一個旅遊歸來的人，終於決定不再活在別人的世界裡，不再曲意承歡地靠近對方（許是優越的男性吧）。如果詩中所描述的「你」——那一個厭惡塵埃、沏茶澆花、生活在高雅園林中的「我」，不是別人而竟是虛假的自己，則今日敢於正視破陋出身的「風塵的我」就是眞我了。這個眞我如何尋獲的？無疑是自千山與萬水的閱歷得來。這樣解讀的話，深層的女性意識就顯得十分珍貴。

　　李元貞〈亮麗的深秋〉，是一篇五十歲女性自我鑑照的宣言：

　　大膽地認同深秋的亮麗吧

　　　　五十歲停經的女人正想快樂地慶祝

　　　　不再流血的身體是一種年齡的恩賜！

　　　　縱使深秋的亮麗很短暫如同黑髮一般（22）

這種深秋的認同，作者說「在島上從來不知道」，要待走出去，在異國「艷紅與鮮黃」的秋景中，在童話般的夢境，方猛然感悟。是旅行讓詩人看到自己，摸到自己，感覺到自己！

　　但不見得所有的追尋都是痛快的，也有在異鄉的路標前感傷迷惘的，如羅任玲〈寂寞男孩〉所敘述：一個對教育現制不滿的國中教師，漫遊在太平洋彼岸熱鬧歡愉的慶典，不期然又想起台北沉痛的升學景象。詩人塑造的攀爬在大樹枝椏上俯視人群的那個瘦削的金髮男孩，有心靈指標作用，令她震懾，回想到島上她教過的那一班：

　　　　島上的下午六時，想像他們走在簇擁喧囂的台北，趕著上六
　　　　點半開始的補習。然後在無暇思索的夜裡，啃盡每一寸作業。
　　　　彷彿那稚弱的男孩又和著淚光告訴我：「老師，我真的背不
　　　　起來。」（76）

在太平洋彼岸，「淚光總是被遺忘的」──不讓孩子有淚、有痛苦，是詩人所追尋的理想狀況，但她能拋棄掉過往嗎？當她的父親打電話來，從很遠的島上告訴她，學校要她立刻回去銷假，已經開學了，當「太平洋也靜了累了沉沉眠去」，詩中的女老師，仍苦苦與一個龐大壓迫她的社會機制抗衡，她手握父親打來的電話，不願輕易答應回到原來的現實。她在淚光的鑑照中，究竟要選擇哪一條路走？

真像那落淚男孩一般地徬徨。

三、樂園的追尋與迷惘

羅任玲在另一首詩〈念頭〉中，對前述的徬徨提出說明：

> 我只是有這樣一個念頭。
>
> 我不想再看他們受苦了。
>
> 我或者可以自私地說：
>
> 我不願再和他們一同忍受痛苦。（74）

這就是她出走的原因了。但她果真能尋找到樂園嗎？答案未必。「我反正後來是真的走在異國虛妄的陽光了。」她說。她這一組組詩的篇名叫「妄念西雅園」，妄念若作自我否定解，則其中的追尋沒什麼希望，分外教人迷惘。但相對於現實的窘迫，追尋又勢所必然。

曾淑美筆下的新女性畏懼平庸沒有山岳起伏的人生，她們的旅行即是追尋，為了追尋而「變成一隻鳥，飛行」，飛往太陽途中：

> 在星星的版圖上
>
> 我年輕無懼的翅翼
>
> 因預知下一次平庸的降落
>
> 而顫抖（20）

劉毓秀〈看不見海〉一詩，在岩石、海鷗、浪花等角色簡明的

戲劇表演裡，寓含了演員（一群小女孩）的旅行心理，作者代替眾人
發問：

> 爲什麼想要表演海浪？
> 又爲什麼做得到那麼逼眞？
> 「我們住在琦玉縣，」小女孩們說，
> 「那裡看不見海。」

因看不見海而渴望重建一座海，海就是樂園的象徵。表演有幻遊的
意義。

完整呈現女性生命旅途的詩作，可以鍾曉陽的〈遊記〉爲代
表。女性最初以冰塊的意象出現，等懷春時化爲液體，遇熱則沸騰
成爲蒸氣、成爲雲，從此有了飛翔的好夢。

> 有一天，天氣突然轉寒
> 她便從很高的地方
> 跳下去了
> 不甘心的眼淚不可收拾地
> 落滿了大地
>
> 她從此得到了自在
> 玻璃杯子裡
> 沒有的自在
> 任誰都聽過她那飄送到
> 千里外的
> 清涼的歌聲（139）

時節轉變，天氣轉寒，女性最終還是要從雲遊的夢裡醒來，跳回現實地界，雖然不甘心，但雲遊原非終極目標，雲遊只是一番歷練。能體認這一點，從不甘心的心理轉成自在，唱著清涼的歌聲，化成潤澤大地的雨水，就更見出女性的成熟美，豐腴而明亮。

　　以日記形式出現的遊記，令人印象最深刻的當屬零雨的〈劍橋日記〉九首。這裡的劍橋不是英格蘭的劍橋，而是美國麻州與波士頓隔河相望的劍橋市。詩中的異鄉景物，十分陰冷黑暗，縈迴在旅人零雨心中的是一間寓居的屋子。黑暗是封閉的世界，屋子也是。在另一首詩〈鐵道連作6〉，零雨說「我有一個房間／設在火車上」（119），流動的行旅途中「屋子」成為安頓她自己的一個角落，安撫她疲憊的心。〈劍橋日記3〉，零雨描寫一個旅人追逐的腳有不知名的傷，那傷口是因為橫越廣袤大地的烙痕，倒不是為荊棘石礫所傷，而是相聚又復分別的萍飄之痛：

　　　因為　　追逐的緣故
　　　故鄉是加倍的長
　　　加倍的疼痛了（24）

心靈不但沒有樂園的憧憬，反而在孤獨酸楚中有重返故里的願望，如同從白髮再變回黑髮的心情：

　　　請還給我多年鬆懈的警戒
　　　我疏忽的亞熱帶歲月。我要回去
　　　啊趁北風還沒有鎖定路線。我嗅著
　　　亞熱帶的潮汐一路加緊腳程
　　　回到我的亞熱帶我黑髮的故里（45）

這是反旅行的表現。深究之，異鄉無非斷裂的空間，時間隨意剪接，每一個驛站都可以歇腳也都可以再啓程，因此樂園是不存在的，關於這點尹玲〈綿密如悲的空間網罟〉更有精闢的闡釋：

> 沒有終站　更沒有起點
> 時間寬闊的河道中
> 追尋一種斷裂的空間
> 無人知曉原來的你或
> 　　　　日後的我
>
> 停格的故事
> 聽過後可以隨手摺起
> 留放任何置身的地方
> 每一地方也不過是一頂
> 異質的家純然的異鄉（136－137）

四、兩性的對話、偷情

　　女性的社會束縛大過男性、性別的苦悶亦然。離家出走與精神出軌是從前女子的出路，交通便捷的今日，異國旅行取而代之成為紓解壓力、尋求解放的途徑，師瓊瑜的《離家出走》、沈怡的《關於單身》等散文文本❷，為台灣的旅行文學提供了一絲掙脫倫理道

---

❷　《離家出走》，一九九五年，由平氏公司出版。《關於單身》，一九九八年，由商智文化公司出版。

德的遐思，生動的情節描寫明示了新女性「外遇」的心理。女詩人
在這方面沒有直接的剖白，但以迂迴、象徵的手法傳情，相信大自
然有優美感人的傳奇，她們以祕傳的歌訣與「宏偉的風景」展開對
話，如鍾曉陽〈風景〉所言：

> 用足跡編織歌聲的網絡
> 唱山得山，唱水得水
> 唱出了紅塵青脈（111－112）

就女性歡悅的旅行心理而言，山水即是她亟於對話的浪子。而尹玲
更清晰地以雲加以指涉，羨慕〈雲在旅行〉：

> 我在地上時
> 雲在我頭上
> 我在飛機裡
> 雲在我腳下
>
> 雲像一片蛋糕
> 　像一隻腳
> 　像許多足印
> 　像玩具
> 　像滑梯
> 　像大片大片的壁毯
> 　像跳舞的境界
> 　像　　雪地

　　雲不需要飛機

　　也不需要翅膀

　　更不需要雙足

　　雲能天天逍遙自在

　　雲　　到處旅行

　　雲是什麼？雲是浪子。現代女性雖能走出去，但卻是用腳在
走，是搭飛機而行，不像雲千變萬化地飛，沒有牢籠，不需要選工
具，不需要選時間，要來就來，想去就去，相對於「我」的旅行，
逍遙自在多了！然而，女性仍然不斷地走向世界，構築夢幻，甚至
宣稱「攀爬鐵塔　就是攀爬層層浪漫」。（尹玲：107）

　　另一種對話關係，是與男性比較，見諸羅任玲的〈旅遊旺季〉，
她將男女旅人在博物館中的情景並比：

　　他在敘利亞博物館吃便當魚飯

　　　在印度國立博物館拍照留念

　　　在華盛頓航空博物館買門票

　　　在大英博物館中庭迷失方向

　　　在美國國立歷史博物館竊笑

　　她在倫敦科學博物館偷偷補妝

　　　在柏林世界民族博物館呵欠

　　　在歐洲自然史博物館上廁所

　　　在埃及博物館幻想英俊法老

　　　在很熱鬧的旅遊旺季，快樂（57）

他的動作較制式無味，不像她會浪漫地補妝，既有打呵欠、上廁所的身體意象，更有幻想法老的心理。最後一句，在很熱鬧的旅遊旺季顯得快樂，是接在前一幻想而來，再對照「補妝」之舉，不能說她毫無邂逅異性的期待。

林思涵〈菲南記行之一——伊利干〉，寄託男性形象於一列臥倒在稻浪中的山丘，模擬兩性關係，略現野地偷情的情態：

> 一咕咚那山翻了個天大的跟斗正巧跌在齊髮的長穀稻浪中間，扭痛的腰給舒舒服服搓著，搓著搓著不好意思呀又叫打杵的姑娘偷瞧見了……

如果說男與女結合的意象是「一首情詩的誕生」（江文瑜：112），異國好比子宮，旅行正是精卵結合的方法。

五、新女性的國族想像？

在台灣女詩人的旅行書寫中，能揉合進政治意識的詩作極罕見，利玉芳的〈小白花知道——一九九七年五月歐洲記行〉是一例外，當她行走在阿爾卑斯山麓，看到遍野開滿了亮麗的小白花；當地商店裡的商標是小白花，年輕女店員問她來自哪個國家的梨渦也像小白花，她的反應：

> 強忍著
> 週期性帶來的經痛

　　回答我的國家

　　（我知道台灣這個國家）
　　微笑的小白花知道

國家定位的疼痛就像經痛——這只有女詩人才能寫出的意象，極其
深刻，連異國的女店員（微笑的小白花）都知道，我們知不知道？利
玉芳的歐遊畢竟沒有君臨該地的優越，反而微微透出一絲絲承仰的
心理，原因是詩人有急切的宣揚國家之心與躁鬱之情。此與台灣的
現實狀態有關。這首詩如果要繼續發展下去，大可以讓「小白花」
這一意象有機生長，既而評論舊國族，建構一蘊藏性別生態的新國
族神話。

　　我所謂的新國族神話是女人國神話、由經痛觸動的反男性「殖
民」的思維，能呼應鍾曉陽〈花期〉所呼籲：

　　　請你們，在這歷史的時刻堅決地跨越重重的界線
　　　同時在十面八方，五湖四海，天涯地角
　　　姹紫嫣紅地盛開，請你們
　　　盡情抽蕊，細膩分辦，恣意地招展
　　　請勿害羞和退讓，瞻顧及遲疑
　　　放心地奔放
　　　因為你們已經光榮邁進這世界不可重約的
　　　奇妙的約會（49）

果真如此，世界一片花海，花所代表的女性盡情抽蕊、姿意地招
展，給了我們一個新國度的想像空間。

六、結　語

　　由於生活條件改善，當代女性的社會地位提高，日常活動空間加大，使她們的旅行充滿更多歡樂的想像、追求；但也由於日常壓抑的消除，藉旅行而完成內在放逐（逃離）的意識已大為減低。前述女詩人作品中多重的旅行心理固富有新開發的意趣，但並不普遍，也不一致。最常見的現象為：原本應是性別遺忘的旅程，不料仍然回到不能遺忘的性別束縛裡，出外的女人心中所想的仍是家屋、廚房、蹲在爐火前的母親（零雨：109）。因此，女性的出路還有待更多議論！我們期望一九九八年歲暮剛成立的「女鯨詩社」以其所標榜的鯨的意象，能夠作更多另類旅行的嘗試，以「躍身擊浪、噴氣、嬉戲」❸的姿態作越界的開發。那麼，霧中的路標指示的就是婦女運動下的一條新海路了。

---

❸　女鯨詩社由十二位女詩人於一九九八年十一月一日創立，發起人江文瑜在她們的第一本合集《詩在女鯨躍身擊浪時》作序表示，要在文學的海域裡躍身擊浪、噴氣、嬉戲、回音定位，重建女性詩學，「讓女人的靈魂源源不絕從體內飛躍而出」。

第七章　結　論

　　本書論述之文本，內涵性質與表現手法不一，大約是從現代到後現代，從意象派到新藝術派，從人道追求以至於愛慾謳歌，從表現某種東西以至於質疑某種東西，從抒情美學的講究以至於生命意識的潑辣籲求。對這些詩作的分析凡有關社會因素者，皆應扣緊戰後台灣背景加以解讀，脫離此一時空座標，意義將歧出而模糊。

　　談論性別意識要從歷史面看，不同社會、不同文化條件、不同世代，有不同的性別意識。如果我們將台灣女性自覺的過程分成三期，前期爭取的是自由戀愛、婚姻自主、教育機會與工作機會；近期要求的是兩性平等、情慾自主；未來將致力消除的則是男女性別的分野，亦即所謂正常／不正常的性別歧視。

　　性別意識顯示在主體人的身上，可從其感情、思想、言談、服飾等方面判斷；在文本中解讀則應就生理的、心理的、精神分析的、社會的、政治的，多方面抽絲剝繭地探析。台灣戰後世代女詩人在詩作中鮮少激烈的抗爭（其實，激進的女性主義在西方也已有了修正），但在她們富想像力的作品中，我們卻時常發現足以引領社會女性走出困境的洞見，雖留下諸多未竟的議題，畢竟已開啓「摸索」之鑰。在理論的應用，我們發現心理分析學帶有藝術的感情，它不是純科學的，而是一柄藉藝術的眼睛操控的科學手術刀。如同

嘉德娜（Judith Kegan Gardiner）所說：「佛洛伊德去世後的幾十年裡，心理分析學發展了新的觀點，它們豐富了文學批評。」（111）本書大量使用心理分析理論，正是為了尋找隱藏的女性自己，辨明台灣女性主義詩學。

　　受限於時間及學力，本書並未結合戰前世代女詩人的作品比較分析，亦未對照大陸女詩人在同一議題上的表現；期待來日續加推考深究，當能提出更宏闊周詳的時代面相與社會意義。

附錄一

台灣戰後世代女詩人小傳

（本書未引用者不列；以生年爲序，共30家）

1945

鍾　玲，籍貫廣州市，美國威斯康辛大學比較文學系博士，曾任紐約州立大學艾伯尼校區比較文學系及中文部專任助教授，香港大學中文系翻譯組專任（英制）講師，中山大學外文系專任教授兼系主任，現任中山大學文學院院長。著有詩集《芬芳的海》，散文集《群山呼喚我》、《赤足走在草上》、《愛玉的人》、《愛玉：愛玉的故事》、《玉緣：古玉與好緣》，小說集《輪迴》、《生死冤家》、《鍾玲極短篇》，論著《文學評論集》、《現代中國繆司：台灣女詩人作品析論》。

尹　玲，籍貫廣東大埔，曾僑居越南，一九六九年離開越南。台灣大學中文研究所博士，巴黎第七大學東亞所博士，現任淡江大學中文系及法文系教授。著有詩集《當夜綻放如花》，翻譯小說《薩伊在地鐵上》（譯自法文），論著《文學社會學》、《五代詩人及其詩》、《蘇東坡與秦少游》。

蘇　凌，台灣台北人，本名蘇秀華，政治大學西語系畢業，美國楊百翰大學英美文學碩士，威斯康辛大學比較文學碩士、博士。曾任教成功大學外文系。著有詩集《明澈集》、《卜塵》、《蝶歌》，論著《約瑟夫·康拉德小說結構探討》，譯有《華萊斯·史蒂文斯詩選》。

1946

李元貞，籍貫湖北荊門，出生於雲南昆明，台灣大學中文研究所碩士，曾赴美國奧立岡大學攻讀戲劇。《婦女新知雜誌》創辦人，「婦女新知基金會」首任董事長，現任淡江大學中文系教授。著有詩集《女人詩眼》，散文集《女人的明天》，小說集《愛情私語》、《青澀私語》、《婚姻私語》，論著《婦女開步走》、《解放愛與美》。

1947

洪素麗，台灣高雄人，台灣大學中文系畢業，曾於紐約國家藝術學院習畫，現定居紐約，專事文學和美術創作。著有詩集《詩》、《十年詩草》、《盛夏的南台灣》、《流亡》，散文集《十年散記》、《浮草》、《昔人的臉》、《旅愁大地》、《海風雨》。

1948

翔　翎，本名李慶璇，籍貫山東陽穀，文化大學英文研究所碩士，美國愛荷華大學作家工作坊研究，《大地》詩社同仁。曾任教

於中興大學英文系。詩作未結集。

1949

白　雨，本名蘇白宇，籍貫湖南益陽，出生於台灣基隆。台灣大學大氣科學系畢業，曾任中學教師。著有詩集《待宵草》、《一場雪》。

1950

馮　青，本名馮靖魯，籍貫江蘇武進，出生於青島。文化大學史學系畢業，曾爲《創世紀》及《陽光小集》詩社同仁，《商工日報》副刊編輯。著有詩集《天河的水聲》、《雪原奔火》、《快樂或不快樂的魚》，散文集《祕密》，小說集《藍裙子》。

1951

斯　人，本名謝淑德，台灣台南人。台灣大學中文系畢業，現專事寫作。著有詩集《薔薇花事》，長篇小說《孽子》。

1952

利玉芳，台灣屏東人。高雄高商畢業，成功大學空中商專會統科肄業，《笠》詩社同仁，台灣筆會會員。曾獲「陳秀喜獎」，現從事食品企管業。著有詩集《活的滋味》、《貓》、《利玉芳詩選》，散文集《心香瓣瓣》，兒童文學《童詩賞析》、《小園丁》。

　　阿　翁，本名翁文嫻，巴黎第七大學博士，《台灣詩學季刊》同仁，曾任文化大學中文系副教授，著有詩集《光黃莽》。

1953

　　沈花末，台灣雲林人，台灣大學中文系畢業，美國俄亥俄州立大學藝術研究所肄業。曾任中學教師、自立晚報副刊主編、自立晚報藝文組主任。著有詩集《有夢的從前》、《每一個句子都是因為你》，散文集《關於溫柔的消息》、《今夜，在尤加利樹下入眠》、《旅行到一個陌生的地方》。

　　葉　紅，本名黃玉鳳，籍貫四川，文化大學體育系舞蹈組畢業。曾任耕莘暑期寫作班副班主任，《旦兮》雜誌主編，現任耕莘青年寫作會祕書長、常務理事。曾獲耕莘文學獎。著有詩集《藏明之歌》。

1954

　　劉毓秀，台灣苗栗人，台大外文研究所碩士，現任台大外文系副教授，《中外文學》月刊總編輯。著有《XY之間》，主編多種女性主義論文集。詩作未結集。

1956

　　夏　宇，本名黃慶綺，早年另有筆名童大龍，籍貫廣東五華，國立藝專影劇科畢業，曾任職出版社及電視公司。曾獲時報文學獎散文優等獎及《創世紀》詩獎、《中外文學》現代詩獎。現居法

國。著有詩集《備忘錄》、《腹語術》、《摩擦·無以名狀》,翻譯小說《夏日之戀》。

1957

筱　曉,本名劉姈珠,台灣嘉義人,高雄師範大學教育系畢業,台灣師範大學心理輔導暑期研究所結業。曾任《心臟》詩社社長,獲全國優秀青年詩人獎、教育部文藝創作獎。著有詩集《印象詩集》、《牽著你的手》,散文集《你收到我傳眞的玫瑰嗎?》。

邱俐華,筆名柔之,台灣師範大學英語系畢業,早年作品多發表於《中外文學》。詩作未結集。

梁翠梅,籍貫江西瑞金,東海大學社會系畢業,現在公營機構從事社教工作,早年詩作多發表於《創世紀》詩刊及《青年日報·詩隊伍》。詩作未結集。

1958

零　雨,本名王美琴,台灣大學中文系畢業,美國威斯康辛大學東亞文學碩士。曾任《國文天地》副總編輯、《現代詩》主編,哈佛大學訪問學者,第一屆年度詩獎得主,現於專科學校任教。著有詩集《城的連作》、《消失在地圖上的名字》、《特技家族》。

1961

江文瑜,台大外文系畢業,美國德拉瓦大學語言學博士,現任

台大語言研究所暨外文系副教授。著有《有言有語》、《男人的乳頭》等，編有《阿媽的故事》、《消失中的台灣阿媽》等。曾獲陳秀喜詩獎，爲《女鯨詩社》發起人。

1962

曾淑美，台灣南投人，輔仁大學哲學系畢業，曾任《人間雜誌》採訪、意識形態廣告公司撰文、麥達廣告公司創意總監，現任BBDO廣告公司創意總監。著有詩集《墜入花叢的女子》。

鍾曉陽，祖籍廣東梅縣，畢業於美國密西根大學電影系，現移民至澳洲。兼擅小說與新詩創作。著有《停車暫借問》、《愛妻》、《流年》、《槁木死灰集》等。

1963

羅任玲，籍貫廣東大埔，出生於台灣屏東。台灣師範大學國文系畢業，曾任國中教師、中央日報主編、民生報記者。著有詩集《密碼》，散文集《光之留顏》。

陳斐雯，台灣台中人，文化大學中文系文藝創作組畢業。曾任《人間雜誌》特約採訪記者、自立晚報藝文組記者兼自立早報兒童版主編、中時晚報副刊編輯。著有詩集《陳斐雯詩集》、《貓蚤札》，散文集《星座奇觀》（二冊）。

黃靖雅，台灣宜蘭人，東吳大學中文研究所碩士，曾任職內政部職訓局、聯合晚報編輯，爲《南風》、《象群》、《曼陀羅》等

詩社同仁。著有詩集《山月默默》（與楊逸鴻合著），散文集《一味禪·花之卷》。

1964

洪淑苓，台北市人，台灣大學中文研究所博士。現任台灣大學中文系副教授，國語日報《古今文選》特約主編。著有詩集《合婚——洪淑苓詩集一九九四》，論著《牛郎織女研究》、《關公民間造型之研究》。

張芳慈，台灣台中人，師專畢業，爲《笠》詩社同仁，曾獲吳濁流文學新詩獎。著有詩集《越軌》。一九九八年與國內多位女詩人共創《女鯨詩社》。

1967

林　婷，籍貫福建同安，中國工商專科學校公共衛生科畢業，曾任中國青年寫作協會祕書，《四度空間》詩刊總編輯。詩作未結集。

1968

顏艾琳，台灣台南人，輔仁大學歷史系畢業，曾任出版社企畫編輯、漫畫出版社媒體企畫、宗教團體文化出版部視聽廣宣策畫組長。著有詩集《抽象的地圖》、《骨皮肉》，札記《顏艾琳的祕密口袋》。

1969

　　吳　瑩，台灣花蓮人，靜宜大學西班牙文系畢業。曾獲聯合報新詩獎，著有詩文合集《單人馬戲團》。

附錄二
引用參考書目

〈理論資料部分〉

一

Bakthin, Mikhail 1984. *Rabelais and His World,* Trans Hēlēn Iswolsky, Bloomington: Indiana UP.

Jung, Emma 1957. *Animus and Anima,* Dallas: Spring Publication.

巴赫金（Bakthin, Mikhail）1996，〈《弗朗索瓦·拉伯雷的創作與中世紀和文藝復興時代的民間文化》導言〉（選自*Rabelais and His World*），《巴赫金文論選》，佟景韓譯，北京：中國社會科學出版社，95－162。

中西信男1995，《梟雄心理學》（霸者の心理），王志明譯，台北：遠流出版公司。

方迪（Fanti, S.）1993，《微精神分析學》（*L'Homme En Micropsychanalyse*），尚衡譯，北京：三聯書店。

史美舍（Smelser, Neil J.）1995，《社會學》（*Sociology*），陳光中、秦文力、周愫嫻譯，台北：桂冠圖書公司。

尼德（Nead, Lynda）1995，《女性裸體》（*The Female Nude: Art, Obscenty and Sexuality*），侯宜人譯，台北：遠流出版公司。

弗里丹（Friedan, Betty）1988，《女性的奧祕》（*The Feminine Mystique*），程錫麟、朱徽、王曉路譯，成都：四川人民出版社。

弗洛姆（Fromm, Erich）1986，《在幻想鎖鏈的彼岸》（*Beyond the Chains of Illusion*），張燕譯，長沙：湖南人民出版社。

弗留葛爾（Flugel, John Carl）1991，《服裝心理學》（*The Psychology of Clothes*），台北：水牛出版公司。

弗朗茲（von Franz, Marie－Louise）1988，〈個體化的過程〉（The Process of Individuation），《人類及其象徵》（*Man and His Symbols*），榮格等著，張舉文、榮文庫譯，瀋陽：遼寧教育出版社，136－209。

弗爾達姆（Fordham, Frieda）1988，《榮格心理學導論》（*Introduction ā La Psychologie de Jung*），劉韵涵譯，瀋陽：遼寧人民出版社。

皮爾森（Pearson, Carol S.）1995，《影響你生命的12原型》（*Awakening the Heros Within: Twelve Archetypes to Help Us Find Ourselves and Transform Our Word*），張蘭馨譯，台北：生命潛能文化公司。

安德生（Andersen, Christopher P.）1994，《父親角色》（*Father: the Figure and the Force*），施寄青譯，台北：遠流出版公司。

西蘇（Cixous, Hélène）1992，〈美杜莎的笑聲〉（The Laughter

of Medusa），《當代女性主義文學批評》，張京媛主編，北京：北京大學出版社，188－211。

伯斯曼（Pesmen, Curtis）1995，《女人到底要什麼》（*What She Wants: A Man's Guide to Women*），陳鳴譯，台北：遠流出版公司。

波娃（Beauvoir, Simone de）1992a，《第二性》第二卷（*Le Deuxième Sexe*），楊美惠譯，台北：志文出版社。

——1992b，《第二性》第三卷，楊翠屏譯，台北：志文出版社。

哈婷（Harding, Mary Esther）1992，《月亮神話》（*Woman's Mysteries, Ancient and Modern*），蒙子等譯，上海：上海文藝出版社。

格林（Greene, Gayle）、庫恩（Kahn, Coppelia）1995，《女性主義文學批評》（*Making a Difference: Feminist Literature Criticism*），陳引馳譯，台北：駱駝出版社。

格巴（Gubar, Susan）1990，〈《空白的一頁》與女性創造力的種種議題〉（'*The Blank Page*' and the Issues of Female Creativity），廖咸浩、林素英譯，《中外文學》第十八卷第十一期，55－86。

馬基利斯、沙岡（Margulis, Lynn and Sagan, Dorion）1994，《性的歷史》（*Mystery Dance*），台北：時報文化出版公司。

馬斯洛（Maslow, A. H.）1987，《動機與人格》（*Motivation and Personality*），許金聲等譯，北京：華夏出版社。

莫依（Moi, Toril）1995，《性別／文本政治：女性主義文學理論》（*Sexual/Textual Politics: Feminist Literary Theory*），陳

潔詩譯，台北板橋：駱駝出版社。

傅柯（Foucault, Michel）1990，《性意識史》（*The History of Sexuality*），尚衡譯，台北：桂冠圖書公司。

榮格（Jung, Carl G.）1988，《回憶·夢·思考——榮格自傳》（*Memories Dreams Reflections*），劉國彬、楊德友譯，瀋陽：遼寧人民出版社。

——1992，《尋求靈魂的現代人》（*Modern Man in Search of a Soul*），黃奇銘譯，台北：志文出版社。

——1994a，〈兒童原型心理學〉（The Psychology of Child Archetype）《西方神話學論文選》（*Sacred Narrative Readings in the Theory of Myth*），鄧迪斯（Alan Dundes）編，朝戈金、尹伊、金澤、蒙梓譯，上海：上海文藝出版社，322－337。

——1994b，《心理學與文學》（*Psychology & Literature*），馮川、蘇克編譯，台北：久大文化公司。

——1994c，〈童話中的精神現象學〉，《人類困境中的審美精神——哲人、詩人論美文選》，劉小楓主編，魏育青、鄧曉芒、李醒塵、趙勇譯，上海：知識出版社，343－382。

——1995，〈論神話的起源和基礎〉，《外國美學》第十一輯，433－460。

嘉德娜（Gardiner, Judith Kegan）1995，〈心智母親：心理分析和女權主義〉，《女性主義文學批評》（*Making a Difference: Feminist Literary Criticism*），Gayle Greene and Coppelia Kahn編，陳引馳譯，台北板橋：駱駝出版社，99－126。

赫洛克（Hurlock, Elizabeth B.）1990，《服飾心理學》（*The Psychology of Dress: An Analysis of Fashion and its Motive*），北京：中國人民大學出版社。

魯瑞（Lurie, Alison）1994，《解讀服裝》（*The Language of Clothes*），台北：商鼎文化出版社。

二

宋美璍1997，〈自我主體、階級認同與國族建構〉，《中外文學》第二十六卷第四期，4－28。

李瑞騰1994，〈前言〉，《台灣詩學季刊》第九期，7。

──1995，《中華民國作家・作品目錄新編》（四冊），台北：行政院文化建設委員會。

周華山1994，《色情現象・我看見色情看見我》，與趙文宗合著，香港九龍：次文化有限公司。

奚密1992，〈後現代的迷障──《台灣後現代詩的理論與實際》的反思〉，《當代》，1992年3月，54－68。

康正果1994，《女權主義與文學》，北京：中國社會科學出版社。

梁濃剛1989，《快感與兩性差別》，台北：遠流出版公司。

張芬齡1992，《現代詩啓示錄》，台北：書林出版公司。

張久宣1993，《聖經故事》，台北：書林出版公司。

張默1996，《台灣現代詩編目》，台北：爾雅出版社。

張小虹1995，《性別越界》，台北：聯合文學出版社。

張愛玲1991，《流言》，台北：皇冠出版社。

曹雪芹1984，《紅樓夢校注》，其庸等校注，台北：里仁書局。

黃錦鋐1992，《新譯莊子讀本》，台北：三民書局。

瘂弦1984，〈夜讀雜抄・性別〉，《詩人季刊》，1984年8月，8－9。

楊美惠1988，《女性・女性主義・性革命》，台北：合志文化事業公司。

廖咸浩1986，〈「雙性同體」之夢：《紅樓夢》與《荒野之狼》中「雙性同體」象徵的運用〉，《中外文學》，1986年9月，120－148。

黎活仁1994，〈「永恆的女性」（Anima）的投影〉，台北：「紀念林語堂百年誕辰國際學術研討會」論文。

蔡源煌1986，〈「雌雄同體」的文學想像〉，《聯合文學》1986年1月，18－21。

劉耀中1995，《榮格》，台北：東大圖書公司。

劉康1995，《對話的喧聲》，台北：麥田出版公司。

蔡勇美、江吉芳1987，《性的社會觀》，台北：巨流圖書公司。

錢銘怡、蘇彥捷、李宏1995，《女性心理與性別差異》，北京：北京大學出版社。

鍾玲1989，《現代中國繆司──台灣女詩人作品析論》，台北：聯經出版公司。

──1993，〈台灣女詩人作品中的女性主義思想，1986－1992〉，《當代台灣女性文學論》，鄭明娳主編，台北：時報文化出版公司，183－211。

蕭蕭1994，〈現代詩的情色美學與性愛描寫〉，《台灣詩學季刊》第九期，10－23。

顧燕翎1989，〈女性意識與婦女運動的發展〉，《女性知識分子與

台灣發展》，中國論壇編輯委員會主編，台北：聯經出版公司，
91－139。

〈作品部分〉

尹玲1994，《當夜綻放如花》，台北：自印。

——1998，〈雲在旅行〉，《台灣詩學季刊》24期，81。

白雨1989，《一場雪》，台北：自印。

江文瑜1998，《男人的乳頭》，台北：元尊文化公司。

伊蕾1994，〈黃果樹大瀑布〉，《鮮紅的歌唱》，沈奇編，台北：
　　爾雅出版社，5－6。

李元貞1995，《女人詩眼》，台北：台北縣立文化中心。

——1998，〈亮麗的深秋〉，《詩在女鯨躍身擊浪時》，江文瑜編，
　　台北：書林出版公司，22。

吳瑩1994，《單人馬戲團》，花蓮：花蓮縣立文化中心。

利玉芳1991，《貓》，台北：笠詩刊社。

——1998，〈小白花知道〉，《詩在女鯨躍身擊浪時》，江文瑜編，
　　台北：書林出版公司，29。

沈花末1989，《有夢的從前》，台北：皇冠出版社。

——1991，《每一個句子都是因為你》，台北：圓神出版社。

林泠1982，《林泠詩集》，台北：洪範書店。

林婷1994a，〈祕密〉，《四度空間》詩雜誌第八輯，22－23。

——1994b，〈上邪注〉，《四度空間》詩雜誌第八輯，18－19。

阿翁1991，《光黃莽》，台北：自印。

邱俐華1986，〈天王星〉，《蘭園》，台北：台灣師範大學英語系
　出版。

──1987，〈垂雲〉，《中外文學》第十五卷第八期，124－125。

──1988，〈花顫〉，《中外文學》第十七卷第六期，114。

阿那1995，〈罪〉，《更生日報·四方文學》，9月24日。

洪淑苓1994，《合婚》，台北：自印。

洪素麗1990，《流亡》，台北：自立晚報社文化出版部。

夏宇1986，《備忘錄》，台北：自印。

──1991，《腹語術》，台北：現代詩季刊社。

張香華1985，《愛荷華詩抄》，台北：林白出版社。

張芳慈1993，《越軌》，台北：笠詩刊社。

陳斐雯1988，《貓蚤札》，台北：自立晚報文化出版部。

梁翠梅1981，〈洗衣心情〉，《剪成碧玉葉層層》，張默編，台北：
　爾雅出版社，280－281。

張默1981，《剪成碧玉葉層層》，台北：爾雅出版社。

──1989，《中華現代文學大系·詩卷》，台北：九歌出版社。

──1991，《台灣青年詩選》，北京：人民文學出版社。

──1995，《新詩三百首》，與蕭蕭合編，台北：九歌出版社。

斯人1995，《薔薇花事》，台北：書林出版公司。

曾淑美1987，《墜入花叢的女子》，台北：人間雜誌社。

黃智溶1988，《今夜，妳莫要踏入我的夢境》，台北：光復書局。

黃靖雅1987，《山月默默》，與楊逸鴻合著，台北：豪友出版
　社。

翔翎1981，〈歲暮一則〉，《剪成碧玉葉層層》，張默編，台北：
　　爾雅出版社，198－199。

馮青1983，《天河的水聲》，台北：爾雅出版社。

——1989，《雪原奔火》，台北：漢光出版公司。

零雨1990，《城的連作》，台北：現代詩季刊社。

——1992，《消失在地圖上的名字》，台北：時報文化出版公司。

——1996，《特技家族》，台北：現代詩季刊社。

葉紅1995，《藏明之歌》，台北新店：鴻泰圖書公司。

筱曉1986，《印象詩集》，高雄鳳山：心臟詩刊社。

楊牧、鄭樹森1989，《現代中國詩選》，台北：洪範書店。

瘂弦1980，《當代中國新文學大系》，台北：天視出版公司。

——1982，《聯副三十年文學大系》，台北：聯經出版公司。

蓉子1995，《千曲之聲》，台北：文史哲出版社。

劉毓秀1998，〈看不見海〉，《詩在女鯨躍身擊浪時》，江文瑜編，
　　台北：書林出版公司，60。

鍾玲1988，《芬芳的海》，台北：大地出版社。

鍾曉陽1998，《槁木死灰集》，台北：元尊文化公司。

顏艾琳1992a，《顏艾琳的祕密口袋》，台北：石頭出版公司。

——1992b，〈隱隱燃〉，《台灣詩學季刊》第一期，43。

——1993，〈獸〉，《幼獅文藝》，1993年9月，99。

——1994a，《抽象的地圖》，台北：台北縣立文化中心。

——1994b，〈黑暗溫泉〉，《薪火》詩刊第十六期，4。

——1995，〈淫時之月〉，《八十三年詩選》，洛夫、杜十三主
　　編，台北：現代詩社，66－67。

簡政珍、林燿德1990，《台灣新世代詩人大系》，台北：書林出版
　公司。

羅任玲1990，《密碼》，台北：曼陀羅創意工作室。

蘇凌1981，《蝶歌》，台北：書林出版公司。

附　篇

繆思（Muses）歌唱
——台灣戰前世代女詩人選介

一、女詩人占有的版圖

　　檢視近二十年台灣出版的詩選集，女詩人占有的版圖至多只有二成七，少的連一成都不到。部分選集雖標明「中華」、「中國」，實則皆指「當代台灣」，以台灣為主要界域。舉其要者如：

　　《中國現代文學選集》選收二十二家，入選的女詩人只有蓉子（1928－）和敻虹（1940－）。

　　《現代中國詩選》，台灣詩人五十家，女性只有六家：蓉子、林泠（1938－）、敻虹、羅英（1940－）、夏宇（1956－）、曾淑美（1962－）。

　　《新詩三百首》台灣篇共選六十四家，女詩人占十八位：陳秀喜（1921－1991）、蓉子、張香華（1939－）、朵思（1939－）、羅英、敻虹、席慕蓉（1943－）、尹玲（1945－）、鍾玲（1945－）、

馮青（1950－）、斯人（1951－）、萬志爲（1953－）、零雨（1959－）、曾淑美、陳斐雯（1963－）、羅任玲（1963－）、丘緩（1964－）、顏艾琳（1968－）。這算是最多的一本了。

《中華現代文學大系·詩卷》選編九十九家，台灣女詩人占十七家：陳秀喜、蓉子、張香華、朵思、羅英、敻虹、席慕蓉、鍾玲、馮青、斯人、沈花末（1953－）、萬志爲、葉翠蘋（1956－）、夏宇、曾淑美、陳斐雯、羅任玲。

《台灣新世代詩人大系》入選二十四位詩人，女詩人僅馮青、方娥眞（1954－）、夏宇。方娥眞雖曾在台灣就讀大學，但嚴格說來仍應歸屬馬來西亞華文作家，就像淡瑩（1943－）雖與台灣文壇熟稔，作品選收入各種台灣詩選集，她畢竟屬於新加坡，是新加坡最重要的女詩人。

一九九八年最新出版的《台灣文學二十年集1978－1998：新詩二十家》，男詩人與女詩人的比率是十七比三。三位女詩人爲：馮青、夏宇、零雨。

二、重要女詩人代表

台灣當代女詩人不及男詩人多的原因，與早年兩性教育機會不等、社會角色不同有極大關係，至今女性成就仍受諸多沿襲未去的性別文化制約。但量少並不意味質差，從五十年代迄今，每一個階段都有才女揮灑詩筆展現絕佳的姿采，借用鍾玲《現代中國繆司》對台灣女詩人的評析：有的「顯示了對鄉土的關愛」，有的「表現

了對社會現實的關懷」；或繼承婉約傳統，從事翻新的思維創造，
或進行多重反動，企求自傳統束縛中解放；女詩人訴諸直覺感性，
以戲謔語調呈現新時代特質，與男詩人相比，有過之而無不及
（397－404）。

　　筆者在《從半裸到全開——台灣戰後世代女詩人的性別意識》
一書，也從追尋自我、情慾表現、服裝心理、旅行心理等多方面，
高度肯定女詩人自創神話系統、開發神祕象徵的成就。

　　除上述二書外，欲概覽當代台灣女詩人全貌的選集，仍以張默
主編、出版於一九八一年的《剪成碧玉葉層層》最具代表。該書選
輯了張秀亞（1919－）、蓉子、林泠、李政乃、胡品清（1921－）、
陳秀喜、彭捷（1919－）、敻虹、藍菱（1946－）、羅英、劉延湘
（1942－）、朵思、淡瑩、鍾玲、張香華、古月（1942－）、席慕
蓉、翔翎（1948－）、朱陵（1950－）、沈花末、萬志爲、夏宇、
葉翠蘋、馮青、王鎧珠（1952－）、梁翠梅（1957－）等二十六位
女詩人的詩。時隔十八年，若重畫台灣女詩人的版圖，以當下的美
學標準，文化意識評判，名單調整約如下。爲便於敘述，特以詩人
年齡參酌崛起（成名）之年代排序：

　　五十年代：張秀亞、蓉子、林泠、敻虹。

　　六十年代：陳秀喜、胡品清、杜潘芳格、張香華、朵思、羅英。

　　七十年代：席慕蓉、鍾玲、洪素麗（1947－）、利玉芳（1952
　　　　　　　－）、沈花末。

　　八十年代：尹玲、馮青、斯人、王麗華（1954－）、夏宇、零
　　　　　　　雨、曾淑美、洪淑苓（1962－）、羅任玲。

　　九十年代：陳育虹（1951－）、顏艾琳、江文瑜（1961－）。

本文選介戰前世代（即出生於二次大戰結束前）十一位，年齡最長的是現年八十歲的張秀亞，最年輕的席慕蓉五十六歲。

三、張秀亞、蓉子、林泠、敻虹

五十年代台灣新詩的現代性主張，加速了詩在內容、形式及表現方法的開拓。

詞采雅麗、意蘊清新的作家張秀亞，以散文創作馳名，詩作不多，但詩齡甚長。早於一九三五年她已開始寫詩，一九四〇年完成四百餘行長詩〈水上琴聲〉，一九五六年結集《水上琴聲》（1966年改名爲《秋池畔》出版），男詩人張默（1930－），許之爲「詩壇最傲骨的蒼松」（1981：1），鍾玲評爲「婉約風格的正宗」（186），她擅長歌詠花木、星辰、雨霧、琴簫，凝思生命的記憶、美的感悟。試舉收在《剪成碧玉葉層層》中的〈林鳥〉爲例：

> 你來自天外
> 棲於林間
> 你是靜謐中的靜謐
> 語言中的語言
>
> 我面向群峰前的山湖
> 悄然獨立
> 你，林中的歌手啊
> 你是那峰巔回聲中的回聲

> 而我，也只是那湖心映影中的映影
>
> 百年不過一瞬
>
> 我把握住這片刻將你傾聽（5－6）

由林鳥之啼唱，聯想到人生不過一瞬，必須把握住每一片刻，才能欣賞永恆之美；詩筆浪漫而不濫情，含蓄而有深致，在樸實自然的語言中呈現輕靈妙轉的思想，帶領讀者到達一個清新脫俗的境地。

　　蓉子，人稱「永遠的青鳥」，一九五一年發表〈為什麼向我索取形像〉、〈青鳥〉等詩，踏上她迄今近半世紀的詩途。蓉子著有《七月的南方》、《維納麗沙組曲》等詩集十餘種，代表作如〈一朵青蓮〉，刻繪出最自足的女性形像，第二節：

> 可觀賞的是本體
>
> 可傳誦的是芬美　一朵青蓮
>
> 有一種月色的朦朧　有一種星沉荷池的古典
>
> 越過這兒那兒的潮濕和泥濘而如此馨美！（64）

〈我的妝鏡是一隻弓背的貓〉，更以「妝鏡」、「貓」這兩種女性意象，探索女性外表多變的形象（包括時間對容顏的改變）、內心世界（例如寂寞），以及在無光無影、迷離若夢的深閨困境中的反省自覺，最後兩節：

> 我的妝鏡是一隻命運的貓
>
> 如限制的臉容　鎖我的豐美於
>
> 它底單調　我的靜淑

於它底粗糙　步態遂倦慵了
慵困如長夏！

捨棄它有韻律的步履　在此困居
我的妝鏡是一隻蹲居的貓
我的貓是一迷離的夢　無光　無影
也從未正確的反映我形像。（217－218）

在《千曲之聲》這本蓉子精選集中，處處可見女性內心世界迷人的騷動，論女性心靈的解放，蓉子堪稱「女性自覺的先聲」。在〈我們的城不再飛花〉，她對現代文明壓迫人的透視力，對城市環境網住人心的精警意象，也十分令人嘆賞，詩的後半寫道：

入夜，我們的城像一枚有毒的大蜘蛛
張開它閃漾的誘惑的網子
網行人的腳步
網心的寂寞
夜的空無

我常在無夢的夜原上寂坐
看夜底的都市　像
一枚碩大無朋的水鑽扣花
正陳列在委託行的玻璃櫥窗裡
高價待沽。（106－107）

「有毒的大蜘蛛」和「碩大無朋的水鑽扣花」，形象生動、真切，

寓目難忘。

　　林泠是五十年代崛起的另一傑出詩人，她至今只出版了一本《林泠詩集》，卻與只出版一本《深淵》的男詩人瘂弦（1932－）一樣，在詩壇的地位無可搖撼。《林泠詩集》中五十一首詩，有四十四首成於十九歲以前，可見她早慧的詩才。楊牧（1940－）在序言中，指出林泠的詩創造了「私我神話」，所謂「私我神話」是指詩人將個人情懷轉化爲傳說和小故事，「微妙而帶著反覆不太變化的細節，然而截頭去尾，點到爲止」（8），試看〈古老的山歌〉第二章：

> 水巷的相遇已成故事了，
>
> 一千次重複，我又以俯拾落葉的心情結束。
>
> 而孩子們已睏倦，微微地仰起頭：
>
> 「後來呢？」
>
> ——我笑了。
>
> 二十三匹野馬和十八隻盲了的小羊
>
> 在原始的森林中奔逐，
>
> ……
>
> 你說，甚麼是結局？（76）

原是激揚澎湃的一段愛戀，林泠轉化成恬靜的敘事，只留時間淡然的拓痕。詩後注明十八歲生辰所寫，則「十八隻盲了的小羊」約是十八歲的意象，二十三匹野馬可解爲相遇之人的年齡、姿態，在情節、影像中，托出感傷或釋然，標記探索和成長。〈微悟——爲一

個賭徒而寫〉也像一篇傳奇，甚至可以視為林泠探問女人感情形態、包容浪子的寓言典故：

> 在你的胸臆，蒙的卡羅的夜啊
>> 我愛的那人正烤著火
>
> 他拾來的松枝不夠燃燒，蒙的卡羅的夜
>> 他要去了我的髮
>>> 我的脊骨……（60）

　　林泠留下許多傳誦的名篇，如〈阡陌〉、如〈星圖〉、如〈不繫之舟〉等，但一九九八年底的她回答葉紅媛的訪問，卻更關心自己新詩法的嘗試、探索是否成功，她企圖含蓄而側面地用抒情方式作文化批判，每一首詩只經營一個大意象，完全除去台灣詩壇主流所賴以表現的漂亮警句和美聲唱法。

　　敻虹是五十年代後期又一位傑出的詩人，她的詩音聲爽脆、意象鮮明，詩思巧轉妙造，予人驚喜的觸動，最有名的是〈記得〉，如第二章：

> 關切是問
> 而有時
> 關切
> 是
> 不問
> 倘或一無消息

如沉船後靜靜的

海面，其實也是

靜靜的記得。（1983：107－108）

熱情出之以淡筆，甚至連淚光都不教它浮現。情的深沉極不易表達
而敻虹三兩筆就勾勒出全貌。〈鏡緣詩〉同樣見出敻虹長於自平凡
夫妻、人間姻緣中萃取永恆質素，在兩相觀照的情境中表露相思、
幸福之感，從而又隱約辯證如此深情其實萬苦，詩人對情非有深切
體會不能有此深刻說法：

你是不輕於諾許的

甚至來世的婚約

問急了，你說

下輩子，我是你鍾愛的女兒

——一念之止，萬苦頓滅！（1983：114）

八十年代開始，敻虹潛修佛法，擴展題材，寫所謂的「佛教現
代詩」，重要的作品有〈爐香讚〉十三首、〈楊枝淨水讚〉十首，
及〈觀音菩薩摩訶薩〉二十六首。

這火來自與這水同樣的母胎

是孿生的清涼和忿熱癡愛

這水何況是純淨甘涼，大士取自八功德海

這火，這火燄，這紅火燄漸次轉化

語音漸漸柔順，火蕊漸漸芬芳

　　而出落爲蓮花⋯⋯

　　這蓮花，這來自火燄的紅蓮花
　　終於開在我心安靜的水上（1997：185）

這是〈楊枝淨水讚〉第九首〈火燄化紅蓮〉。全篇十首，「落實在人間的苦楚感受以及懺悔情懷」（夐虹，1997：214），予人莊嚴清淨之美的領受。

四、陳秀喜、杜潘芳格、胡品清、張香華

　　五、六十年代台灣新詩在衝決傳統束縛、開發自主地位的表現外，另有一值得注意的創作現象：日據時期受日本教育的詩人開始學習以中文發表新詩，男詩人如林亨泰（1924－）、詹冰（1921－）、桓夫（1922－）都著有成就，女詩人則以陳秀喜和杜潘芳格爲代表。

　　陳秀喜早在十五歲時就以日文寫詩，據其自作年表：五十年代後期開始習中文，六十年代同時以中、日文寫詩，既是日本東京「からたち」短歌社同仁，也是台灣《笠》詩社同仁，七十年代初在東京出版日文短歌集《斗室》，隨後在台北出版第一本中文新詩集《覆葉》。她的詩使用日常口語，情意眞摯，於說理諷喻等轉折處往往不假修飾，而每每能以個人體驗鼓湧出一種時代情懷，〈淚與我〉是對幾千年來兩性地位的省思，是對不幸女人的安慰，藉自身遭際之感慨期勉女性，第二、三節：

秋燈下孤單的女人
重數著淚的回憶
為人媳的淚
曾給西湖的水增高
為人妻的淚
曾給蘭潭的水增高
每次想死的邊緣
險些把我噎死的淚
救我回來

最難忘的是
曇花一樣美的淚
須臾風情
芬芳卻永存在
牽牛花一樣的淚
限時的生命凋謝
清晨重新的花貌迷人
感恩震撼之至
湛著的淚
冥想當時
那是堪重溫著
回味濃郁的滋味（23－25）

　　趙天儀（1935－）序《玉蘭花》，說陳秀喜的詩，頗有一種淒
然的風韻（2），讀〈她是我的知音〉，從她憂慮加護病房重病友

人的驚悸與哀愁，的確感受到屬於女性特有的神經質（敏感），她首先想到且不斷反芻的是對方與死有關的留言，天地為之變色（第二節）：

> 一夜之間
> 春暖跟著太陽私奔
> 整天不流失的濃霧
> 遮住天空，籠罩山谷
> 一通電話
> 我已心魂不安
> 大石壓在心頭
> 動彈不得
> 陣陣寒風雨
> 大花曼陀羅垂頭喪氣
> 玫瑰花如血
> 片片抖落在綠草坪（42）

杜潘芳格也是相近似的一位「媽媽型詩人」，小說家宋澤萊說她的詩具有歌頌自然、歌頌母土、直書信仰、民間歌謠風四大特色（9），詩風樸實、和氣可親，她著有日文詩集一冊，中文詩集多含「客語詩」，在當代台灣是一位以客家語寫詩最受推崇的前輩詩人。以〈子宮〉為例，這首詩在客家語彙的特色外，真正禁得起考驗的還是以驛站比喻子宮這一意象：

> 就有一隻子宮，產出各種各樣个生命。

子宮係脈个呢？ 就係一隻過路站。（62）

在《青鳳蘭波》這一本詩集裡，杜潘芳格還有一首表達澄澈的生命
哲學的詩，〈葉子們〉：

葉子們
知道　自己的清貧
也明白　自己的位置搖晃不安定
有時候確實也虛僞地裝扮自己

葉子，葉子們
終究　要把自己還給塵土
堅忍地等到最後的一刻
那燃著夕陽紅燄逝去的一刹那

葉子們
相信　聖經上的每一句話
都是創造的葉子
不是人造的葉子（53－54）

這樹葉是襯紅花的葉子，是在風中搖晃的葉子，是牽涉到兩性典故
的葉子。葉子當然是人的象徵，細味之，更像自覺的女性的象徵。

其實，所有傑出的女性詩人，在女性的感覺方面都有深刻的耕
耘，像在感情世界裡一直保有美的期盼、靈的呼喚（張默：49）的胡
品清，對於愛戀之痴，純眞至極，那是非理性的、不合邏輯的，甚
至不合乎自然律之盛衰輪替，在〈寂寞不再〉她如此說：

有一個蠱人的名字常駐
寫不出來
譜不出來
只憑單純的感覺
感知它是最後的心靈支柱

真是一個特異事件
無法言詮
只憑一份深沉的相知相慕
遂有了一個永恆的心靈支柱（44）

在另一首〈我們的故事〉篇末，講到愛情傳奇，也說「於人間外／永恆裡」（15）。顯然胡品清的女性思維十分地古典，不像張香華、朵思、羅英各出機杼，質疑舊有的女性形象，進而能摹寫出現代的姿態與情懷。

曾創辦《草根》詩社，主張詩是廣大眾生心靈生活映象的張香華，〈飛翔的我〉自我塑造的形象是一隻「翅膀堅硬，目光銳利」、翱翔於天際的鷹，「終於／蒼冥中，一隻飛鷹漸漸消失／在寰宇盡處，化成一個小點／那就是我歌唱尾音的音符」（122），視覺意象延展、交融成聽覺意象，君臨的英姿化成柔囀的音符，男性的形象裡展露了女性的新聲。另一首〈黑雲母石〉歌詠女性：

耐熱力高、硬度強，媲美金鋼鑽
外表卻絲絨般細密平滑
人們用新磨的刀鋒試驗她

> 沒有一柄挫鈍的刀，留下過疤痕
> 艷麗的陽光下，亮潔如一塊新鏡（139）

然而——

> 流著牛奶般月光的夜裡，在溪邊
> 意外的，我發現她
> 白日平滑的表面，綻開許多裂痕
> 斑斑可數，從裂紋深處
> 流出一行行清淚（140）

女性個體不再是樣板翻模，她的生命有了層次，深入到內心世界的傷裂、疼痛，淚水是她主動釋放的訊息。

五、朵思、羅英、席慕蓉

朵思是一位服膺女性主義的女性詩創造者，《飛翔咖啡屋》整本詩集幾乎都是女性的愛恨、奇想，與夢境。將現實意識沉入潛意識層，交感體會，形成新的主客關係、情緣果報的，如〈血腥夢境〉：

> 一隻狼犬狂飆過我的夢境
> 牠嘴裡咬嚙帶血的骨頭
> 是昨天社會版上
> 一隻女人被卸下的手臂

　　　她扭曲的脖頸，纏繞
　　　前世被我射殺的一條蛇

　　　女人、蛇
　　　在清朝明朝……黃帝之前的某個荒野
　　　以龍的姿態騰躍在我
　　　前世的前世的前世的前世的前世的
　　　人生

　　　如同牆上字畫
　　　面對每一件物事的今生（1997：47－48）

今世被咬齧的女人、前世被射殺的蛇，在古早都是陽性姿態的龍，古今、前後、男女、影像與實物，都有對映之理。「對男女共性的生命之痛」有如此深刻體味，的確不是「耽溺於性別角色意識和情感宣洩的普泛女詩人」所能企及（沈奇，209）。

　　朵思的女性書寫，側重的是自覺，不是盲目抵抗，在她詩裡的女性既柔順地接受男人觸撫，也清醒地辨識男人的衝動：

　　　男人用手觸撫女體
　　　輕撫我如魚的背鰭如貓的刺鬚如犬的尾巴如兔的
　　　耳朵

　　　女人用渾圓的想像脫去他的衣衫
　　　淹沒我以前
　　　請辨識：飛瀑湍流在另一度空間亢奮（1997：3）

更見自信的是她面對寂寞的坦率思省（〈面對一屋子沉默的家具〉，
124－125），以及對心靈主體的謳歌（〈暗房〉）：

> 不要讓光漏進來
> 不要讓光擾亂暗房秩序
> 這裡要洗出不管你接不接受的鏡頭
> 這裡要說山路彎曲或筆直的甜言蜜語（1994：118）

她果然在她的暗房裡為讀者沖洗出許多美麗的私房照。

　　頗多死亡意象的羅英，是極少數為詩評家張漢良（1945－）所
讚賞的傑出詩人，張漢良在〈人的風景〉一文特別舉〈駕駛人〉為
例：

> 減速之後
> 他說
> 這遍地鋪滿的百合花
> 是他年少時的心
>
> 說的時候
> 太陽就凋零了
> 半世紀前的月亮
> 在他灰白的髮上
> 升起

他說：「此詩感人甚深，原因不在它以寫實手法具現某司機的殊
相，而係藉駕駛的暗喻建立起一人生旅程的『超現實』的共相：人

年過半百(「半世紀」)的遲暮風景。」（羅英，23）詮釋得真精確。
羅英內心世界的深沉又豈是男性詩人能比？

　　以淬煉的意象相跳接，形成新奇的邏輯，暗含人生辯證關係，
最是羅英詩的特點：表面波平，暗潮激湧，試看〈肩〉，對男女之
辯證：

> 女人一度是他肩上
> 燃燒的
> 菊花
>
> 男人卻是她肩上
> 支離的
> 家書
>
> 征戰之男人的
> 肩和肩
> 重疊著有若跌碎的雕刻
>
> 等待之女人的
> 肩和肩
> 柵欄般在月光下腐朽（42—43）

這是講女人的宿命嗎？「站在枯瘦的木棉樹下／任由月光鞭打的／
女子／摸著自己疼痛的影／呼喊著／愛人的名字」（〈小詩輯〉，56）
在詩中羅英用「一度是」、「卻是」、「任由」等詞彙，表達的疼
惜與悵痛，再明白不過了。

　　七十年代台灣詩潮的主軸有二，一是從「橫的移植」回歸「縱的繼承」，二是從前衛超現實轉向鄉土寫實。前者重視傳統，後者關懷現實。由於新詩社如雨後春筍般的成立❶，自由而多元的詩風快速形成，詩的讀者層面也加速拓展。在這樣蓬勃有朝氣的詩創作背景裡，席慕蓉以古典的音聲、浪漫的情懷成為最受讀者歡迎的詩人，美學家蔣勳說：「我讀席慕蓉的詩，讀到在幸福之中猶有盼望、渴想，有泫然欲泣的感傷。」又說：「席慕蓉以極其女性的誠實與狂想呼喚起了一整代人的夢想。」（席慕蓉，3-5）

　　席慕蓉最被傳誦的名篇是〈一棵開花的樹〉，這首詩把愛情提升到信仰的情境，生生世世的禱告只為了與你相逢、共結連理，然而愛情未必結圓滿的果子，淒傷、愁慘與凋零常是無法逃避的命運。詩共四節：

> 如何讓你遇見我
>
> 在我最美麗的時刻　為這
>
> 我已在佛前　求了五百年
>
> 求祂讓我們結一段塵緣
>
> 佛於是把我化作一棵樹
>
> 長在你必經的路旁
>
> 陽光下慎重地開滿了花
>
> 朵朵都是我前世的盼望

---

❶　重要詩社如「龍族」、「後浪」、「主流」、「暴風雨」、「大地」、「草根」、「詩脈」、「綠地」、「風燈」、「陽光小集」等。

　　當你走近　請你細聽
　　那顫抖的葉是我等待的熱情
　　而當你終於無視地走過
　　在你身後落了一地的

　　朋友啊　那不是花瓣
　　是我凋零的心（62－63）

　　〈蚌與珠〉同樣表現了愛情的醉人與創傷：不論境遇如何都只
默默一人消受，只以體貼、溫柔感動人而不責問人。

　　無法消除那創痕的存在
　　於是　用溫熱的淚液
　　你將昔日層層包裹起來

　　那記憶卻在你懷中日漸
　　晶瑩光耀　每一轉側
　　都來觸到痛處
　　使回首的你愴然老去
　　在深深的靜默的　海底（42）

此中之痛與愴然，是現代人無法排除的遺憾；以淚水裹傷的美德卻
日益遭人遺忘。席慕蓉寫的不僅是當代女性的心事，更是古今男女
兩性共同的心情，她因而成為台灣邁向後工業文明、後現代社會獨
樹一幟的「古典」奇葩。

　　七十年代與席慕蓉同時崛起或更晚出發的其他女詩人已屬「戰

後世代」，她們親歷寫實、後現代、環境保護、母語提倡、情慾解放等浪潮洗禮，作品在社會議題、前衛試驗、性別意識、新語彙的尋找等多方面都有突出的表現，筆者另有若干析論，詳見《從半裸到全開──台灣戰後世代女詩人的性別意識》，此處不贅。

・一九九九年三月於日本關西大學
「台灣現代文學會議」發表

引用書目：

白靈1998，《台灣文學二十年集1978－1998：新詩二十家》，台北：九歌出版社。

沈奇1996，《台灣詩人散論》，台北：爾雅出版社。

朵思1994，《心痕索驥》，台北：創世紀詩雜誌社。

──1997，《飛翔咖啡屋》，台北：爾雅出版社。

宋澤萊1997 ，〈出版界的一件大事〉，《芙蓉花的季節》，杜潘芳格著，台北：前衛出版社。

杜潘芳格1993，《青鳳蘭波》，台北：前衛出版社。

林泠1982，《林泠詩集》，台北：洪範書店。

林燿德、簡政珍1990，《台灣新世代詩人大系》，台北：書林出版公司。

胡品清1987，《冷香》，台北：漢藝色研文化公司。

席慕蓉1992，《河流之歌》，台北：台灣東華書局。

張香華1985，《愛荷華詩抄》，台北：林白出版社。

張默1981，《剪成碧玉葉層層》，台北：爾雅出版社。

——1989，《中華現代文學大系·詩卷》，台北：九歌出版社。

——、蕭蕭1995，《新詩三百首》，台北：九歌出版社。

陳義芝1999，《從半裸到全開——台灣戰後世代女詩人的性別意識》，台北：學生書局。

陳秀喜1989，《玉蘭花》，高雄：春暉出版社。

葉紅媛1999，〈白鳥詩人的旅程——訪詩人林泠〉，《聯合報副刊》，1999年1月5日，37版。

楊牧、鄭樹森1989，《現代中國詩選》，台北：洪範書店。

齊邦媛1983，《中國現代文學選集》，台北：爾雅出版社。

蓉子1995，《千曲之聲》，台北：文史哲出版社。

鍾玲1989，《現代中國繆司——台灣女詩人作品析論》，台北：聯經出版公司。

敻虹1983，《紅珊瑚》，台北：大地出版社。

——1997，《觀音菩薩摩訶薩》，台北：大地出版社。

羅英1987，《二分之一的喜悅》，台北：九歌出版社。

女性自覺的先聲

——讀蓉子《千曲之聲》有感

蓉子詩作精選集《千曲之聲》（文史哲出版社），選詩一一五首；如連同組詩中的小詩一併計，共一四六首。大部分詩篇後均繫年，方便讀者印證蓉子不同創作階段的風格。可惜仍有二十七首未標明寫作時間，欲以之爲蓉子「生活的投影」加以研究，單憑本書，無從盡知，未免有憾。

《千曲之聲》的編排，未按寫作年份，上、中、下輯也不像是按主題區分；結集於一九九五年，但書中收錄的詩只到一九八八年的〈當時間隔久〉止，近七年的新作爲何不收？蓉子在序言裡未作說明，算是本書編選過程中的一個小疏失。

然而，《千曲之聲》再現一位傑出的、曾經走在時代前端的女性詩人的成果，讓新生代讀者也能直接從蓉子的詩認識她早在五十年代就反映女性自覺，卻又深具意義。晚近「橫掃」台灣的女性文化論述者，面對蓉子寫於四十年前，揭示女性心靈奧祕、強調掙脫桎梏的詩，尤其應有謙虛的反省。

我讀《千曲之聲》特別感興趣的是蓉子寫於六十年代初始，甚至上溯到一九五三年的作品，也就是選集上輯全部，及中輯的〈紅塵〉。再往後追蹤的話，自然不能錯過〈維納麗沙組曲〉。

最清楚預報出女性抗爭焦慮的詩是一九六〇年的〈亂夢〉，蓉

子形容女性婚後情境就像投過石子的破碎水面,對此狀況不應沉默,否則迎來的只是一條幽寂的灰路。女子年輕時是「金色的羨慕」的焦點,年老則是「風雪掩蓋的冬天」;女子受限於「無窗的小屋」,殘缺、謊言和醜惡都是要面對的真相,社會卻「不讓我們看它底眼睛」。女子一方面要受家庭勞役折磨,剩下夜晚時的「一些亂夢」;另方面則有來自於男性對待的夢魘,在男人眼中「尚沒有一枚草莓的價值」。在這首詩中,「可怕的蒼白的雨」是男性的隱喻,雨有性愛聯想。蓉子同一年寫的〈白色的睡〉也有同樣的象徵:「鳥聲滴滴如雨　濾過密葉/密葉灑落很多影子/很多影子很多萎謝　很多喧嚷/我柔和的心難以承當!」這時的蓉子結婚已五年,恥於成為男性華冕上紅寶石的女性意識（見〈為什麼向我索取形象〉一詩）有了更切身、更現實的體驗:「偶然翹首/那光浮在蛛網的層樓/繫所有重量於/一絲懸盪……」（見〈我們踏過一煙朦朧〉一詩）蓉子極望穿透女性命運的網罟,「去看褪去了雲的詭譎假面的/廬山真貌」。比起她二十四歲寫的「為尋找一顆星,/跑遍了荒涼的曠野」,三十三歲的蓉子,少了幾分浪漫憧憬,多了幾分想打開現實迫促局面的沉重感。

　　蓉子描寫女性心境,挖掘「她」深心隱晦的角隅,敏感透徹而寓意豐富,無疑地受到二十世紀現代主義、心理分析學的影響。由於當時台灣社會環境的封閉、禁制,使她無法大膽處理婚姻與性的問題,但從詩的隱喻解讀長達九十三行的〈七月的南方〉,女性的自覺以大自然為觸媒:「繞過鳥聲悠長的迴廊/南方喚我!」「讓陽光為我鋪橙紅金黃的羊毛氈直到南方」;性的歡樂則隱藏在樂園的頌美聲中:「蔦蘿向南方纏繞/群鳥向南方展翼」,「而自由舒

卷的葉子們如密密的雨／正竊竊地低訴南方的艷美」，「而夏天正
在榴火的艷陽中行進／在鳳凰木熊熊的火焰中燃燒」，「牡丹擁無
數華貴意象／一片冶艷繁華」，「鳥在光波中划泳／樹在光波中凝
定」。分不清什麼是男性象徵、女性象徵，蓉子盡其所能地描摹南
方——一個兩性相交相融合一的世界，其心靈的「解放」，不下於
八十年代前衛的夏宇。

　　多少年來，大家常以古典、婉約、靜美形容蓉子，從而對她的
作品也形成了一種概括的成見，殊不知蓉子的詩是奧義的，其中充
滿迷人的騷動，在九十年代的今天讀來，更有一番新義在焉。

·一九九五年五月寫於台北

四兩撥千斤

——讀淡瑩《太極詩譜》驚艷

　　一九九四年十二月淡瑩隨東南亞華文作家訪問團來台北，她贈我七十年代末結集的《太極詩譜》一冊。展卷除重溫她的名篇〈傘內・傘外〉、〈楚霸王〉，最吸引我的是該書第一輯四十首太極詩。

　　八十年代瘂弦編的《當代中國新文學大系》詩卷和張默編的《中華現代文學大系》詩卷，所選淡瑩作品，皆非「太極」系列，換言之，前此十五年，印行於新加坡的《太極詩譜》在台灣並未甚獲重視。

　　古人將太極哲理與拳法結合，發展成一門靜心用意的內功武術，淡瑩則從太極拳之習練，抽析出蓄勢待發、勁斷意不斷的特質，完成四十首綿密相扣的組詩。

　　習太極拳者宜將拳譜視作藝術性的人體力學去體會，不能只當作技術，走步學樣；其中有關感性、抽象之認識，正是現代藝術可用心揣摩之部分。

　　淡瑩借用的太極拳式，我不知出自哪一派。是「金鷄獨立」還是「更鷄獨立」？是「抱虎歸山」還是「抱虎推山」？也都無所謂。作為「總天地萬物之理」的一輯詩，她到底要表現什麼、表現得如何？才是最重要的。

　　詩輯之首以舉掌似白蓮吐蕊的意象，引出陰陽、虛實等基本世界觀之探索，像序詩標定了一整輯的方向；詩之終篇以回歸本位、釋放在髮叢（喻塵世網罟）中的一對山雀，回答第一首所詰問的「何謂太極之初」，爲生命畫下句點。山雀原爲吾人所「攬住」，至是放飛，在一有一無、一靜一動中，呼應了周敦頤「無極而太極」的命題。

　　《太極詩譜》除了少數幾首（〈指襠捶〉、〈翻身二起腳〉、〈單鞭下勢〉）拘執於拳式說解，其他都顯然有情節鋪排而經詩人分鏡處理、連成一氣，例如：跨騎黑駒馳騁，目接湖中白鶴、古壚荒煙，聞聽虎嘯，日落西山，扭身成一面大纛迎風豎立，爲避仇家而借宿深山古寺，獨對寒月吹笛起舞等等。閱讀時既見整體圓轉之姿，又可感受各首自有八面支撐之勢。

　　如何造成詩的圓轉流動？淡瑩用的是景語收束法，大部分詩篇都停止在一個「景點」前，不加說明性文字；由於招式不用老，因此保留了後續性。舉例來說：第二首用的景語是攬住飛雀，第十二首是跪在神龕前自焚，第二十首是風荷搖曳，三十五首是鷹隼飛過，三十七首是月亮竄到山坳裡……

　　至於形成八面支撐的氣勢，除靠俠情貫布，猶賴語法。在修辭學中，肯定句往往只成就單線陳述的效果，不如否定句的雙線對立以及疑問句的網狀輻射；「不過是」、「不知何時」、「如果」、「是……還是」，都是詩人慣用之詞。關乎此，典型者如第二十五首：

　　你猜

> 我手裡握著的
> 是威震武林
> 百發百中的
> 梅花毒鏢
> 還是
> 從灰爐中
> 撿來的
> 舍利子

在詩法上的圓活，在意涵上變成隱藏的悟境。惡與善、黑與白、生與死、進與退，生命兩極之理盡粹於一支毒鏢與一顆舍利子，動則分，靜則合，對立與統一竟如此令人心旌搖蕩、迷離怡悅。

七十年代現代主義爲華文詩壇主流，《太極詩譜》掌握了省力、借力的四兩撥千斤詩法；八十年代後，寫實精神抬頭，淡瑩的新著《髮上歲月》轉而在經驗感知方面使勁用力。詩人無法自外於風潮，而爲風潮本身，殆無可疑。在蓉子、林泠、夐虹、席慕蓉和夏宇分領不同年代的女詩人群中，淡瑩是美麗的等高線上不能被疏漏的名字！在新加坡繁衍詩的花樹，她是不斷想要走出新路的創造者。

· 一九九四年十二月寫於台北

國家圖書館出版品預行編目資料

從半裸到全開—臺灣戰後世代女詩人的性別意識

陳義芝著.— 初版.— 臺北市：臺灣學生，1999[民 88]

ISBN 957-15-0988-4(精裝)
ISBN 957-15-0989-2(平裝)

1. 中國詩 – 現代(1900 –　) –

821.88　　　　　　　　　　　　　　　　　88011927

從半裸到全開

　—臺灣戰後世代女詩人的性別意識(全一冊)

著　作　者：陳　　　　義　　　　芝
責任校對：陳　　　　維　　　　信
出　版　者：臺　灣　學　生　書　局
發　行　人：孫　　　　善　　　　治
發　行　所：臺　灣　學　生　書　局
　　　　　　臺北市和平東路一段一九八號
　　　　　　郵政劃撥帳號 0 0 0 2 4 6 6 8 號
　　　　　　電　話：(0 2) 2 3 6 3 4 1 5 6
　　　　　　傳　真：(0 2) 2 3 6 3 6 3 3 4
本書局登
記證字號：行政院新聞局局版北市業字第玖捌壹號
印　刷　所：宏　輝　彩　色　印　刷　公　司
　　　　　　中和市永和路三六三巷四二號
　　　　　　電　話：(0 2) 2 2 2 6 8 8 5 3

　　定價：精裝新臺幣二三〇元
　　　　　平裝新臺幣二六〇元

西　元　一　九　九　九　年　九　月